Der Konzern

KONSTANZE SERAIL

Der Konzern

Bibliografische Information der Deutschen Nationalbibliothek:
Die Deutsche Nationalbibliothek verzeichnet diese Publikation in der Deutschen Nationalbibliografie; detaillierte bibliografische Daten sind im Internet über dnb.d-nb.de abrufbar.

TWENTYSIX – der Self-Publishing-Verlag
Eine Kooperation zwischen der Verlagsgruppe Random House und BoD – Books on Demand, Norderstedt
© 2020 Konstanze Serail
Covergrafik: Sang Hyun Cho - Pixabay/ Wilqkuku/ Zakharchenko Anna/ Shutterstock.com
Satz, Herstellung und Verlag:
BoD – Books on Demand, Norderstedt

ISBN: 978-3-7407-6535-4

Inhalt

Die Einladung	7
Der Termin	13
Das Telefonat	21
Die Präsentation	27
Der Verdacht	37
Der Vorstand	48
Das Exposé	54
Die Absage	59
Die Meetings	63
Die Strafanzeige	71
Das Verfahren	91
Die Einstellung	116
Der Ministerpräsident	140
Gerechtigkeit	146

Die Einladung

Am 23. September 2009 erhält Anna Stern, Geschäftsführerin einer kleinen und bis zu diesem Zeitpunkt vollkommen unbekannten Unternehmensberatung, einen überraschenden Anruf ihrer Anwältin, Frau Professor Charlotte von Schliff. Die aufgeregte Anwältin teilt ihrer Mandantin eine überwältigende Neuigkeit mit:
Ich habe soeben eine Mail von dem Vorstandsvorsitzenden Engelbert Dürr erhalten.
Interessiert spitzt Anna die Ohren.
Der Vorstandsvorsitzende interessiert sich für Ihr Reformkonzept digitalWorld und schlägt uns drei Termine mit drei Top-Managern des Versicherungskonzerns vor, erläutert die Anwältin gutgelaunt.
Damit ich digitalWorld präsentieren kann?, fragt Anna und bemerkt, dass ihr vor Aufregung der Schweiß ausbricht.
Ich weiss, dass das alles sehr überraschend kommt, aber eine solche PowerPoint-Präsentation war unser Ziel. Sie werden einen kometenhaften Aufstieg erleben, Anna, denn digitalWorld ist genial und löst mit einem Schlag alle schweren Probleme, unter denen der Versicherer hier in Deutschland seit Jahren leidet.
Die attraktive Anna und ihre energische Anwältin, die erst seit wenigen Monaten eine kleine Kanzlei mit einer überschaubaren Anzahl an Mandanten hat, hatten Ende August 2009 fast zwei Wochen lang an einem Schreiben an den Vorstandsvorsitzenden des bekannten Versicherungskonzerns getüftelt und nach stundenlangem Brüten und hitzigen Wortwechseln schließlich ein drei Seiten umfassendes Schreiben versandt.

Wenn jeder meiner Mandanten so lange nachdenken und die Schreiben so oft überarbeiten würde, wie Sie das tun, dann könnte ich meine Kanzlei gleich schließen, macht Frau von Schliff ihrem Ärger Luft.
Wir haben nur einen einzigen Schuss frei und der muss sofort ins Schwarze treffen, erwidert Anna.
Schließlich einigen sich die beiden Frauen darauf, in ihrem Schreiben die zehn gravierendsten Probleme, unter denen das deutsche Versicherungsunternehmen leidet, knapp zu erläutern und die entsprechenden zehn – von Anna entwickelten – Problemlösungen nur knapp anzudeuten, um einerseits die Neugier des mächtigen Vorstandsvorsitzenden zu wecken und andererseits nicht zu viel von dem Inhalt der wertvollen Entwicklungen zu verraten. Außerdem setzt die Anwältin dem Vorstandsvorsitzenden für den Eingang seiner Antwort eine Frist und fügt ihrem Anschreiben eine Verschwiegenheitsvereinbarung zur Unterschrift bei. Im Falle einer Präsentation von *digitalWorld* sowie den damit einhergehenden Verkaufsverhandlungen werden aufgrund dieser Vereinbarung alle Beteiligten zur Verschwiegenheit verpflichtet, um die von Anna entwickelten Inhalte ihres Reformkonzepts zu schützen.
Wie das fristgemäß eintreffende Antwortschreiben der Konzernleitung zeigt, hat die von Anna und ihrer selbstbewussten Anwältin – die sich auf den Gewerblichen Rechtschutz spezialisiert hat und mit ihrem Mann in einem modernen, neu gebauten Haus in einem edlen Stadtviertel wohnt – nach langem Hin und Her gemeinsam festgelegte Vorgehensweise funktioniert. Die Konzernleitung zeigt ein außergewöhnlich hohes Interesse an den von Anna ausgearbeiteten Problemlösungen. Dies ist durchaus ungewöhnlich, da Anna lediglich die Geschäftsführerin einer kleinen und noch unbekannten Firma ist.
In den Jahren zuvor war Anna, die nach ihrem Universitätsexamen zunächst als Lektorin in einem Verlag gearbeitet hatte, zusammen mit einem sehr erfahrenen und erfolgreichen Kollegen

viele Jahre in der Versicherungsbranche tätig gewesen. Sie hatte sich für diese Tätigkeit entschieden, da sie nicht mehr allein am Schreibtisch sitzen, sondern den Elfenbeinturm der Bücher verlassen und stattdessen mit den unterschiedlichsten Menschen zusammenarbeiten und Erfahrungen sammeln wollte. Bis zu diesem Zeitpunkt hatte Anna wie auf einer Insel in der abgeschotteten Welt der Bücher gelebt.

Während Anna sich das umfangreiche Wissen sowie die notwendigen Qualifikationen erworben hatte, um ihren Beruf erfolgreich auszuüben, hatte sie tiefreichende Erfahrungen im Versicherungswesen gesammelt und im Laufe der Zeit angefangen, über einen grundlegenden Strukturwandel dieser Branche nachzudenken. Herbst 2008 – als die Weltfinanzkrise an ihrem Höhepunkt angelangt war – war Anna zu der Überzeugung gelangt, dass nun der Zeitpunkt für umfassende Reformen gekommen war. Aus diesem Grund hatte sie in einjähriger Tag- und Nachtarbeit ihr Reformkonzept *digitalWorld* entwickelt.

Zusammen mit ihrer Anwältin entscheidet sich Anna für den ersten der drei vorgeschlagenen Termine – 12. November 2009 um 9.00 Uhr –, um *digitalWorld* zu präsentieren.

Nach der Terminvereinbarung beginnen die hektischen Vorbereitungen für die letzte Überarbeitung der PowerPoint-Präsentation, welche auch 35 hell leuchtende und farbenprächtige Icons beinhaltet, die für die zukünftigen Nutzer intuitiv verständlich und leicht zu handhaben sein sollen. Anna hatte diese Icons alle selbst entworfen und gemeinsam mit dem Grafiker Rainer Paradies umgesetzt.

Der launische und oftmals aggressive aber geniale Grafiker Rainer Paradies, der sich aus schwierigen Verhältnissen hochgearbeitet hat, kennt Anna von einem gemeinsam absolvierten einjährigen Computerkurs. Um sein Studium an der Kunstakademie zu finanzieren, hatte der schlanke junge Mann mit den intensiven braunen Augen in den Jahren zuvor als Taxifahrer gearbeitet und nach dem Abbruch seines Studiums – und dem anschließend absolvierten Computerkurs – ein eigenes Grafikstudio gegründet, das sich auf die Erstellung von Auktionskatalogen spezialisiert hat.

Rainers Freundin ist Professorin an einer Kunstakademie. Der Grafiker spricht mit Anna nur selten über sein Privatleben, aber soweit Anna das mitbekommt, lebt Rainer in einer glücklichen Beziehung. Er hatte Anna gegenüber einmal kurz angedeutet, dass dies auch damit zusammenhänge, dass er und seine Freundin in verschiedenen Städten arbeiten und lediglich jedes zweite verlängerte Wochenende sowie die Urlaube gemeinsam verbringen.

Für mich ist das genau das Richtige!, hatte der Grafiker erläutert. *Ich würde mich schwer damit tun, gemeinsam in einer Wohnung zu leben. Im Urlaub ist es anders, weil ich im Urlaub vollkommen entspannt bin und keinen Stress habe. Da rege ich mich über nichts auf!*

Um den Feinschliff der PowerPoint-Präsentation rechtzeitig fertig zu bekommen, arbeiten Anna und Rainer täglich bis tief in die Nacht hinein. Insbesondere die Umsetzung der Icons erfordert das ganze Können des Grafikers, der seine Neigung zu Wutausbrüchen oftmals nur mühsam zügeln kann: insbesondere dann, wenn das Ergebnis seiner Bemühungen nicht seinen hohen Ansprüchen genügt. Der Grafiker muss von Anna mehrfach daran gehindert werden, seinen Computer – den er duzt und ununterbrochen beschimpft – mit Fäusten zu traktieren.

Wieso macht der Sauhund jetzt wieder nicht das, was ich ihm sage?, ruft Rainer wütend aus.

Vielleicht benötigt er klare Angaben von Dir.

Jetzt will der mir auch noch vorschreiben, wie ich mit ihm umzugehen habe. Ständig dieses Rumgezicke! Eines Tages werfe ich diesen verdammten Mistkerl noch aus dem Fenster!

Bei einer gemeinsamen Sitzung zu dritt beschließt das kleine Team, die vollständige PowerPoint-Präsentation von *digitalWorld* nur dann vorzuführen, wenn die Top-Manager am 12. November die vorgelegte Verschwiegenheitsvereinbarung unterschreiben.

Darüber hinaus fällt das Team die Entscheidung, den Fachanwalt für Versicherungsrecht, Gerhard Ruppig, zum Präsentationstermin mitzunehmen. Gerhard Ruppig stammt von der Schwäbischen Alb und ist stolz darauf, die Ochsentour zum Fachanwalt erfolgreich bewältigt zu haben. Anna kennt den Anwalt bereits seit vielen Jahren, da sie ihm viele Kunden – darunter auch zahlreiche Firmeninhaber – geschickt hatte, die bei ihren quälenden und langwierigen Auseinandersetzungen mit zahlungsunwilligen Versicherungen den engagierten Einsatz des Fachanwalts benötigt hatten, um die ihnen zustehenden Leistungen zu erhalten.

Gerhard ist von *digitalWorld* begeistert und der festen Überzeugung, Anna werde sich von dem Verkaufserlös eine große Villa am Starnberger See kaufen können. Auch wenn Anna über seine Bemerkung gelacht hatte, so hatte ihr die Anerkennung des Anwalts viel bedeutet. Schließlich ist Gerhard der einzige im Team, der die fachliche Qualität und die Erfolgschancen von *digitalWorld* wirklich beurteilen kann.

Die Besprechungen laufen in einer konstruktiven und gelösten Atmosphäre ab, denn die Teammitglieder freuen sich über die Einladung zur Präsentation. Dies gilt insbesondere für Anna: ihre große Euphorie lässt sie alle Müdigkeit und Erschöpfung vergessen.

Annas Therapeutin, Frau Schwertfeger, – bei der Anna seit Herbst 2008 in Therapie ist, da die weltweite Finanzkrise sie in Angst und Schrecken versetzt hatte, – unterstützt Anna wortgewaltig bei ihren beruflichen Anstrengungen, obgleich die Therapeutin wenig Ahnung von der äußerst spezifischen Thematik hat, mit der Anna sich in *digitalWorld* beschäftigt.

Vor dem Präsentationstermin informiert sich Anna noch im Internet über die drei von der Konzernleitung angekündigten Top-Manager. Bei ihren Recherchen stellt sie fest, dass einer der drei Manager, Dr. Maximilian Zwinger, ein promovierter Mathematiker ist und möglicherweise bald für die weltweite IT des Großkonzerns zuständig sein wird. Anna vermutet, dass Zwinger fachlich am meisten von der Thematik ihres Reformkonzepts verstehen dürfte.

Der Termin

Am Tag der Präsentation fährt Anna zusammen mit Frau von Schliff und Rainer in dessen Auto in die Hauptverwaltung des Versicherers. Nachdem Rainers grüner Volvo das Pförtnerhäuschen am Eingang erreicht und der Pförtner mit dem Vorzimmer von Zwinger telefoniert hat, um sich den Termin bestätigen zu lassen, teilt der Pförtner ihnen die Nummer des reservierten Parkplatzes in der Tiefgarage mit und winkt sie durch.

Mit dem Aufzug gelangen die drei nervösen Teammitglieder hinauf zur Rezeption, wo sie die für sie vorbereiteten Besucherausweise erhalten, welche sie – so werden sie mehrfach eindringlich ermahnt – nach der Präsentation unbedingt wieder abgeben müssen.

Im Vorzimmer von Zwinger empfängt sie die kleine energische Sekretärin Frau Wehr und führt sie durch die langen zum Verwechseln ähnlich aussehenden Gänge mit den hellgrauen Wandverkleidungen, die an geschlossene Kleiderschränke erinnern, zu dem kahlen, leeren Konferenzraum, in dem die Präsentation stattfinden soll. Dort angekommen blickt Rainer finster auf seine Uhr. Bis zum Terminbeginn bleibt dem Grafiker nur eine Viertelstunde Zeit, um das Equipment aufzubauen. Den Bildschirm und die weiteren technischen Geräte beschimpfend, als hätten diese ihm persönlich etwas Unverzeihliches angetan, macht er sich unverzüglich ans Werk.

Als Gerhard fünf Minuten vor Beginn des Termins eintrifft, ist Rainer bereits mit dem Aufbau fertig und verzieht sich für die

Dauer der Präsentation grummelnd in die kleine Teeküche am Ende des Ganges. Gerhard, der leicht grünlich im Gesicht ist, erinnert Anna mit seiner Glatze und seinem schiefen Grinsen immer an einen Geier, dem alle Federn ausgefallen sind. Der Anwalt setzt sich an die Längsseite des Konferenztisches, während die Professorin und Anna am Kopfende des langen Tisches direkt neben der Tür Platz nehmen. Die Anwältin und ihre Mandantin haben eine unruhige, schlaflose Nacht hinter sich, denn beide wissen, wieviel von dieser Präsentation abhängt. Dies gilt auch für den Verkaufspreis von *digitalWorld*, welcher auf 12,5 Millionen Euro festgelegt wurde, da sich das Reformkonzept – mit jeweils kleinen länderspezifischen Anpassungen versehen – bei allen 100 Millionen Kunden des Konzerns weltweit einsetzen lässt.

Mit zusammengepressten Lippen justiert die Professorin während des Wartens mehrfach die Seiten der von ihr ausgearbeiteten Verschwiegenheitsvereinbarung, so dass die Unterkante der genau aufeinandergelegten Seiten exakt parallel zur Tischkante liegt. Daneben reiht die Anwältin rechts neben der Vereinbarung ihre mitgebrachten Stifte wie stramm stehende Soldaten auf, als die Tür aufgeht und zwei Männer den Raum betreten. Anna und ihre Anwältin erheben sich, um ihnen zur Begrüßung die Hand zu geben.

Ich bin Dr. Maximilian Zwinger und verwalte ein Budget von mehreren Milliarden Euro, begrüßt sie einer der beiden Eintretenden und wirft dabei lässig aus dem Handgelenk seine Visitenkarte auf den Konferenztisch. Anna wirft ihrer konsternierten Anwältin einen kurzen Blick zu, als bereits der zweite Manager seine Visitenkarte mit den Worten *Und ich bin Dr. Axel Feist und verwalte ebenfalls ein Budget im Umfang von mehreren Milliarden Euro* auf den Konferenztisch legt.

Wir haben so viel Geld. Wir scheißen Euch zu mit all unserem Geld!, denkt Anna unwillkürlich. *Ist das alles? Mehr fällt Zwinger und Feist nicht ein?*

Im Gegensatz zu seinem Kollegen trägt Feist, dessen rundes,

volles Gesicht leicht gebräunt ist, einen teuren, massgeschneiderten grauen Anzug sowie eine wertvolle Uhr und – was Anna und ihrer Anwältin besonders auffällt – an den Fingern beider Hände protzige Goldringe.

Während Feist auffallend gepflegt und mit allen Merkmalen eines vermögenden sowie eitlen Mannes, der seinen Reichtum nach außen hin deutlich demonstrieren will, ausgestattet ist, macht Zwinger auf die Teammitglieder den Eindruck, als hätte der Mathematiker die ganze Nacht hindurch am Computer gearbeitet und kein Auge zugemacht. Die tiefen Augenringe, das blasse Gesicht mit den ausgeprägten Hamsterbacken und das zerknitterte Hemd, welches ihm hinten aus der Hose hängt, vermitteln den Eindruck, als sei Zwinger ein schlampiger Sachbearbeiter, der heimlich trinkt und kurz vor der Kündigung steht, und nicht nicht der promovierte Top-Manager eines Großkonzerns

Während die drei Teammitglieder noch versuchen, diese verwirrenden und widersprüchlichen Eindrücke zu verarbeiten, lässt sich Zwinger auf den Stuhl neben Anna fallen und starrt erschöpft auf den großen Bildschirm.

Unser Konzernvorstand, Herr Dr. von Schach, lässt sich entschuldigen. Er musste zu einer wichtigen Veranstaltung und kann deswegen heute nicht anwesend sein, erläutert Zwinger. *Aber das ist kein Problem. Wir können sehr gut ohne Herrn Dr. von Schach starten.*

Nachdem sich Anna und die beiden Anwälte vorgestellt haben, kommt die Professorin ohne Umschweife auf die zu unterschreibende Verschwiegenheitsvereinbarung zu sprechen.

Ich bitte um Verständnis, aber bei dem von meiner Mandantin entwickelten Reformkonzept handelt es sich um wertvolles geistiges Eigentum, das einen soliden Schutz benötigt. Meine Mandantin hat viel Kraft, Zeit und Geld investiert, um digitalWorld zu entwickeln und wir müssen Sie daher bitten, unsere Verschwiegenheitsvereinbarung zu unterschreiben, damit wir Ihnen die Präsentation zeigen können. Wir hatten Ihrem Vorstandsvorsitzenden, Herrn Engel-

bert Dürr, die Verschwiegenheitsvereinbarung – zusammen mit unserer Bestätigung des heutigen Termins – nochmals zugesandt.

Schweigend und stirnrunzelnd mustern Zwinger und Feist die ihnen von der Anwältin vorgelegte Vereinbarung und überfliegen anschließend gemeinsam den Text. Wie von den Anwälten und Anna vorab befürchtet, geben sich die Top-Manager empört und unwillig.

Das werden wir nicht unterschreiben, knurrt Feist.

Die Professorin, die zu ihrer kühlen Professionalität zurückgefunden hat, hakt sofort nach: *Dürfen wir Sie fragen, warum Sie die Vereinbarung nicht unterschreiben wollen?*

Eine solche Vereinbarung zu unterschreiben ist in unserem Hause nicht üblich, antwortet Feist eisig.

Anna spürt, wie ihr die Röte ins Gesicht steigt. Sie weiss, dass Feist nicht die Wahrheit sagt. *Eine Verschwiegenheitsvereinbarung wird in der Wirtschaft weltweit tagtäglich unterschrieben,* denkt sie aufgebracht. *Das ist absolut üblich!*

Schnell wendet Anna ihren empörten Blick von Feist ab, da sie fürchtet, dass er sonst von ihrer Mimik ablesen könnte, wie wütend und verletzt sie ist.

Außerdem ist die eingetragene Vertragsstrafe im Falle eines Verstoßes gegen die Pflichten, die sich aus dieser Vereinbarung ergeben, viel zu hoch!, stösst Feist aggressiv hervor.

Der Top-Manager sitzt neben dem übernächtigten Zwinger am äußersten linken Rand am Kopf des Konferenztisches und starrt Anna durch seine teuere Designerbrille mit dem schweren dunklen Rahmen an. Seinem Gesichtsausdruck kann Anna entnehmen, dass Feist immer noch fassungslos darüber ist, dass Dürr, der Vorstandsvorsitzende eines der mächtigsten Konzerne weltweit, der Geschäftsführerin einer kleinen und vollkommen unbekannten Firma einen anderthalbstündigen Präsentationstermin eingeräumt hat.

Während Feist verärgert einen kurzen Blick auf seine frisch manikürten und gepflegten Hände wirft, um anschließend wieder damit fortzufahren, die attraktive Unternehmensberaterin mit den langen blonden Haaren und den schönen leuchtenden Augen penetrant anzustarren, erwidert die Professorin ruhig und entschieden:

Wenn Sie nicht bereit sind, die Verschwiegenheitsvereinbarung zu unterschreiben, werden Sie lediglich den Teil der Präsentation zu sehen bekommen, der die schweren Probleme erläutert, unter denen Ihr Unternehmen seit vielen Jahren leidet! Anschließend dürfen Sie drei Sekunden lang einen Blick auf eine der Folien der Präsentation werfen, um einen ersten Eindruck von den entwickelten Problemlösungen zu erhalten. Zu mehr Zugeständnissen sind wir nicht bereit!

Verstohlen mustert Anna die Gesichter der beiden Top-Manager. Während Gerhard vor sich hin grinst, als hätte er sich aufgrund seiner schlechten Erfahrungen mit zahlreichen nicht leistungswilligen Versicherungen schon vorher gedacht, dass Feist und Zwinger die Verschwiegenheitsvereinbarung nicht unterschreiben werden, fühlt Anna sich so hilflos und ohnmächtig wie schon lange nicht mehr.

Ein Jahr schwerste Tag- und Nachtarbeit und jetzt soll ein wertvoller, wichtiger Termin nach einer Viertelstunde abgebrochen werden, denkt sie und versucht krampfhaft, ihre tiefe Enttäuschung zu verbergen. Sie weiß, dass sie sich an die zuvor mit den beiden Anwälten getroffene Vereinbarung halten muss, den Termin nach einer Viertelstunde abzubrechen, wenn die Verschwiegenheitsvereinbarung nicht unterschrieben wird.

Während Zwinger übernächtigt vor sich hin schweigt, fährt Feist wie von der Tarantel gestochen von seinem Stuhl hoch und spielt den hochgradig Empörten, dem tiefes Unrecht widerfährt:

Sie glauben doch nicht im Ernst, dass wir eine solche Vereinbarung unterschreiben! Das ist doch viel zu gefährlich für unser Unternehmen. Wir liefern uns Ihnen doch vollkommen aus!

Die Anwältin, die verhindern möchte, dass die Diskussion aus dem Ruder läuft, erstickt den drohenden hitzigen Wortwechsel im Keim:

Wie Sie wollen, meine Herren. Wir starten demzufolge mit dem Teil der Präsentation, den wir Ihnen problemlos zeigen können, ohne die wertvollen Inhalte preiszugeben.

Auf dieses Stichwort hin steht Anna auf und ruft die erste Folie auf. Sie stellt sich schräg hinter Zwinger, um sowohl ihn – den zuständigen Experten – als auch den Bildschirm genau im Blick zu haben. Während Anna eine Folie nach der anderen aufruft sowie ein Problem nach dem nächsten erläutert, bemerkt sie, wie Zwinger vor ihr anfängt, unruhig auf seinem Stuhl hin und her zu rutschen.

Das kennen wir doch bereits alles, das ist nichts Neues für uns!, blafft Zwinger schließlich, als Anna das fünfte Problem – die Abwendung der jungen Kunden von den verstaubten Produkten des Versicherers – schildert.

Dann benenne ich nur noch kurz und bündig die restlichen fünf Probleme, die Ihnen bzw. Ihrem Unternehmen auf den Nägeln brennen, antwortet Anna gelassen.

Verstimmt und mit finsterem Gesichtsausdruck starrt Zwinger auf den Bildschirm, während Feist wieder seine hartnäckige Observierung der vortragenden Anna aufnimmt.

Es ist nicht nur so, dass wir jetzt keine interessante und originelle PowerPoint-Präsentation zu sehen bekommen, sondern wir müssen uns stattdessen auch noch sämtliche sattsam bekannten Probleme unseres Unternehmens anhören, die uns seit Jahren zum Hals raushängen, steht es Zwinger und Feist gut lesbar ins Gesicht geschrieben.

Und jetzt erhalten Sie einen kurzen Blick auf die Problemlösungen, sagt Anna freundlich. Die beiden Top-Manager sehen einen tiefblauen Bildschirm mit hell aufleuchtenden Icons.

Beim Anblick der Icons zuckt Zwinger zusammen und sagt leise: *Das erinnert mich an die Kacheln von Google!*

Nach drei Sekunden klickt Anna die Folie weg.

Damit ist die PowerPoint-Präsentation für heute beendet, sagt Frau von Schliff kühl. Anna meint einen vergnügten Unterton aus der Stimme ihrer Anwältin zu hören.

Während Gerhard schweigend vor sich hin grinst, erheben sich Zwinger und Feist schwerfällig von ihren Sitzen. Für einen kurzen Moment wirkt es so, als seien die Top-Manager es nicht gewöhnt, so knapp und konsequent – ohne ihren Willen durchzusetzen – behandelt zu werden.

Vielen Dank für die ausgesprochen nette Einladung zur Präsentation! Sollten Sie sich in den nächsten Wochen umentscheiden und bereit sein, die Verschwiegenheitsvereinbarung zu unterschreiben, wissen Sie ja, wie Sie mich und meine Mandantin kontaktieren können. Und bitte vergessen Sie nicht, Ihren Vorstandsvorsitzenden, Herrn Engelbert Dürr, ganz herzlich von uns zu grüßen, fügt die Professorin mit honigsüßer Stimme hinzu.

Bei der Erwähnung ihres obersten Chefs schauen Zwinger und Feist für einen kurzen Moment noch finsterer drein als zuvor und Anna stellt sich den nichtssagenden Bericht vor, den die beiden Top-Manager des deutschen Unternehmens dem Vorstandsvorsitzenden des Konzerns werden liefern müssen.

Dennoch tief enttäuscht reicht Anna zum Abschied Zwinger und Feist die Hand, während Gerhard mit einem festgefrorenem Dauergrinsen den beiden Männern hölzern die Hände schüttelt, bevor diese den Raum verlassen.

Kaum ist die Tür ins Schloß gefallen, ruft Anna verzweifelt aus:

Was sollen wir jetzt tun? Das ist doch eine Katastrophe! Ich habe alle meine Kraft und Zeit sowie meine gesamten finanziellen Resourcen in die Entwicklung von digitalWorld investiert. Eine solche Chance bekomme ich nie wieder. Jetzt ist alles verloren!

Und Du hast kein einziges Wort gesagt! Wieso haben wir Dich überhaupt mitgenommen, wenn Du nur dasitzt wie ein Ölgötze und den Mund nicht aufkriegst?, raunzt Anna nach einem kurzen Schweigen den Anwalt an.

Jetzt holen wir den Rainer, gehen einen Kaffee trinken und überlegen gemeinsam, wie wir weiter vorgehen, fährt die Professorin energisch dazwischen, bevor der Anwalt antworten kann. *Es ist doch vollkommen klar, dass der Konzern digitalWorld haben will. Warten Sie ab, die kommen schon noch!*

Während Rainer nach Annas kurzem Bericht das Equipment abbaut und ausnahmsweise schweigend arbeitet, ohne einen einzigen Fluch oder eine schwere Drohung gegen die niederträchtige und bösartige Technik auszustoßen, packen auch Anna und die Professorin ihre Sachen zusammen. Obwohl Anna sich darüber freut, dass die Anwältin der festen Meinung ist, dass der Konzern sich noch bei ihr melden wird, fühlt sie sich mit einem Schlag zutiefst verunsichert, erschöpft und niedergeschlagen.

Das Team macht sich auf den Weg zur Rezeption, um dort die vier Besucherausweise abzugeben und anschließend zu den Autos in die Tiefgarage zu gehen. Nachdem Rainer das Equipment im Kofferraum verstaut hat, fahren sie ins Stadtzentrum.

Aber auch die anschließende Diskussion hilft der sich zutiefst ohnmächtig fühlenden Anna nicht weiter. Dies auch deswegen, weil Gerhard auf ihr erneutes Nachhaken hin wieder keine Antwort auf die Frage gibt, warum der Anwalt während des gesamten Termins hartnäckig vor sich hin geschwiegen hatte.

Das Telefonat

Wieder zuhause angekommen, tigert Anna nachdenklich in ihrer sonnigen, zentral gelegenen Penthousewohnung hin und her. Die Wohnung mit dem dunkelroten Parkettboden hat einen langen Gang, von dem aus links und rechts die Zimmer abgehen und an dessen Ende der lichtdurchflutete Eckraum liegt, den Anna sich als Arbeitszimmer eingerichtet hat. Die große Terrasse vor ihrem Wohnzimmer bepflanzt Anna jedes Jahr mit Unmengen an Rosen in allen Farben, die bis in den Spätherbst hinein ihren süßen Duft verbreiten.

Nachdem Anna sich von ihrem langjährigen Partner, Georg, getrennt hatte, war es ihr gelungen, sich Schritt für Schritt ein eigenständiges und erfülltes Leben aufzubauen. Die seit ihrer Kindheit bestehende Liebe zum Lesen hatte sich die Literaturwissenschaftlerin immer erhalten. Da sie während ihrer Zeit auf dem Gymnasium acht Jahre lang Geigenunterricht bekommen hatte, spielt Anna weiterhin regelmäßig Geige und nimmt Gesangsstunden. Eines Tages hatte ihre Gesangslehrerin Anna vorgeschlagen, doch einmal in der Oper vorzusingen, da sie eine besonders schöne, ausdrucksvolle Stimme habe. Zu ihrer großen Überraschung entscheidet sich die Oper nach dem Vorsingen zu einer Zusammenarbeit und schlägt Anna vor, sich gesanglich noch umfassender ausbilden zu lassen. Zum ersten Mal in ihrem Leben erfährt Anna, wie befriedigend die musikalische Zusammenarbeit mit echten Profis ist. Ihre musikalische Entwicklung macht daraufhin einen großen Sprung und Anna fängt an, sich intensiv mit den Arien von Mozart zu beschäftigen, die sie am liebsten singt.

Anna, Du überraschst mich immer wieder, hatte Rainer gesagt, als sie ihm von ihrem Vorsingen in der Oper berichtet hatte. *Wie kriegst Du das nur alles unter einen Hut? Die künstlerischen Interessen und das Geschäftsleben?*

Meine künstlerischen Interessen zu leben bedeutet für mich keine Arbeit, sondern Freude und Entspannung. Nur mein Job strengt mich an. Und leider lässt sich das nicht vermeiden, da ich schließlich Geld verdienen muss, hatte Anna lachend geantwortet.

Während Anna sich innerlich ausführlich mit sämtlichen Einzelheiten des vorausgegangenen Präsentationstermin beschäftigt, befallen sie große Zweifel, ob die Professorin wirklich recht hat. Würde sich der Konzern tatsächlich bei ihr und der Anwältin melden, um einen neuen Termin zu erhalten und die dafür erforderliche Verschwiegenheitsvereinbarung unterschreiben?

Als eine genaue Kennerin der Branche weiß Anna, dass die Top-Manager vieler Versicherungen darauf gedrillt sind, jegliches Risiko – insbesondere dann, wenn es sie selbst betrifft, – vollständig zu vermeiden und auf eine strahlend weiße Weste zu achten. Die Suche nach einem charakterlich integren Menschen entspricht in dieser Branche der berühmten Suche nach der Stecknadel im Heuhaufen.

Nach einigen schlaflosen und zergrübelten Nächten ruft Anna ihre Anwältin an:

So wie ich die Situation einschätze, werden Zwinger und Feist die Verschwiegenheitsvereinbarung nicht unterschreiben. Außerdem gehöre ich zu den wenigen Frauen in einer Branche, die im Top-Management überwiegend von Männern dominiert wird. Frauen stoßen hier schnell an eine undurchdringbare gläserne Decke. Ich habe Angst, dass meine ganze Arbeit vollkommen vergeblich war!

Bewahren Sie die Nerven, rät ihr die Anwältin. *Zwinger und Feist spekulieren nur darauf, dass Sie deren Zermürbungstaktik nicht durchhalten und als Inhaberin einer kleinen Firma und an-*

geblich – die Anwältin betont das Wort »angeblich« – *Schwächere schnell aufgeben werden. Vergessen Sie nicht, dass Sie von dem Vorstandsvorsitzenden einer der mächtigsten und größten Konzerne weltweit auf ein einziges Anschreiben hin einen anderthalbstündigen Termin bekommen haben. Die Konzernleitung hat keine funktionierenden Lösungen für die schweren Probleme des deutschen Unternehmens. Deswegen ist Ihre Position deutlich besser als Sie glauben. Ihre entwickelten Problemlösungen sind genial.*

Anna erinnert sich wieder an Gerhards Worte – *Du kannst Dir gleich eine Villa am Starnberger See kaufen* – und fühlt sich daraufhin ein wenig ruhiger und gelassener.

Aber ich werde Zwinger trotzdem anrufen und versuchen, mit ihm zusammen einen guten Kompromiss zu finden. Wenn meine Position wirklich so gut und stark ist, dann müsste Zwinger ein hohes Interesse daran haben, dass wir schnell vorankommen.

Ich an Ihrer Stelle würde Zwinger nicht anrufen, rät die Anwältin. *Ich gehe davon aus, dass der Konzern sich von sich aus bei uns melden wird.*

Nach einer weiteren Nacht voller wirrer und verunsichernder Albträume ringt sich Anna schließlich dazu durch, Zwingers Sekretärin anzurufen. Frau Wehr teilt ihr mit, dass der Top-Manager gerade im Auto unterwegs sei. Anna wählt seine Handynummer.

Zu ihrer Überraschung hat Anna sofort einen gut gelaunten und äußerst charmanten Zwinger am Telefon, dessen Verhalten sie in keinster Weise an den übernächtigten und schlecht gelaunten Mann erinnert, den sie bei dem ersten Termin kennengelernt hatte.

Anna Stern, was für eine schöne Überraschung, begrüßt Zwinger sie begeistert. Anna hört anhand der Geräusche im Hintergrund, dass Zwinger seine Freisprechanlage angeschaltet hat:

Wie geht es Ihnen?

Gut! Und Ihnen?

Ganz ausgezeichnet, antwortet Zwinger, dessen hohe und gequetschte Stimme in Anna innerlich immer das Bild eines Tenors aufkommen lässt, der nicht mehr singen kann.

Auf jeden Fall ist seine Stimme leicht zu erkennen und unverwechselbar, denkt sie.

Während Zwinger weitere charmante Phrasen abspult, überlegt Anna, wie sie auf ihr Anliegen zu sprechen kommen kann. Schließlich unterbricht Anna den Dampfplauderer:

Herr Zwinger, es wäre doch sehr schade, wenn wir weiter in dieser festgefahrenen Situation stecken bleiben und nicht vorankommen. Schließlich benötigt Ihr Unternehmen, dem das Wasser bekanntlich bis zum Hals steht, doch dringend die von mir ausgearbeiteten Problemlösungen. Warum unterschreiben Sie nicht einfach unsere Verschwiegenheitsvereinbarung?

Beleidigt darüber, dass Anna wieder auf die schwierige Situation des Versicherers zu sprechen kommt, anstatt auf seine raffinierte Charmeattacke zu reagieren, wiegelt Zwinger kategorisch ab:

Wir unterschreiben grundsätzlich keine Verschwiegenheitsvereinbarung, Frau Stern. Das hatten wir Ihnen bereits mitgeteilt. Außerdem bin ich gerade unterwegs zu einem wichtigen Termin und habe deswegen leider nur wenig Zeit für Sie.

Können Sie mir nicht wenigstens Ihr Ehrenwort geben, dass Sie meine Entwicklungen nicht für eigene Zwecke verwenden werden, stösst Anna hastig hervor. Sie hat Angst, dass Zwinger das Telefonat abrupt beendet. *Ich habe so viel Zeit, Geld und Kraft in das Reformkonzept, das genau betrachtet mein geistiges Kind ist, investiert. Ein Diebstahl der von mir ausgearbeiteten Problemlösungen in digitalWorld käme der skrupellosen Entführung eines Kindes gleich!*

Na, na, nun werden Sie doch nicht gleich so dramatisch! Sie kennen sicherlich die Geschichte von dem Ministerpräsidenten Dr. Marschel, der der Öffentlichkeit sein »Ehrenwort« gegeben hatte, antwortet Zwinger herablassend.

Der Skandal um Herrn Dr. Marschel ist doch über zwanzig Jahre her, erwidert Anna, die sich fragt, ob Zwinger möglicherweise noch in der Steinzeit lebt.

Wir haben jetzt Ende 2009. Die Pressekonferenz, bei der der

Ministerpräsident Dr. Marschel sein »Ehrenwort« gegeben hatte, dass die erhobenen Vorwürfe gegen ihn und seine politische Partei haltlos seien, war meiner Erinnerung nach im Jahr 1987. Marschel hatte damals versucht, seinem politischen Gegner Weithelm mit schmutzigen Tricks zu schaden, um die Wahl zu gewinnen. Seine erste Unterstellung, Weithelm habe Steuern hinterzogen, lief ins Leere. Daraufhin haben Marschel und seine Mittäter versucht, Weithelm durch weitere Schmutzkampagnen schweren Schaden zuzufügen. So wurde Weithelm damals der Homosexualität bezichtigt. Außerdem hatte Marschel sich eine Wanze ins Telefon einbauen lassen, um seine Unterstellung zu beweisen, er werde vom politischen Gegner abgehört. Dieses Waterkantgate lief jedoch vollkommen ins Leere, ergänzt Anna überdrüssig.

Wie kann man nur so blöd sein und sich selbst eine Wanze ins Telefon einbauen lassen?, denkt Anna.

Was wollen Sie denn mit diesen uralten Geschichten, Herr Dr. Zwinger? Sie wissen doch, worauf ich mit meiner Bitte um Verschwiegenheit hinaus will.

Herr Dr. Marschel musste im Herbst 1987 als Ministerpräsident zurücktreten, als die Sache aufflog, antwortet Zwinger ohne auf Annas Frage einzugehen. *Kurze Zeit später wurde er in einem Genfer Hotel tot in einer Badewanne aufgefunden. Die Genfer Justizbehörden behaupteten damals, Marschel habe Selbstmord begangen. Später wurde jedoch bezweifelt, dass Marschel sich selbst umgebracht hatte. Der einberufene Untersuchungsausschuss fand jedoch klare Beweise dafür, dass Marschel hinter der Schmutzkampagne gegen Weithelm gestanden und der eigentliche Drahtzieher aus dem Hintergrund gewesen war.*

In Annas Augen war Marschel immer ein ausgemachter Schwachkopf gewesen. Einerseits zu ungefestigt und schwach, um die leicht aufzudeckende, erfolglose Schmutzkampagne gegen Weithelm zu unterlassen und andererseits bemerkenswert skrupellos, wenn es darum ging, sich seinen eigenen egoistischen Vorteil zu sichern. Möglicherweise war Marschel auch lediglich eine

Marionette von deutlich mächtigeren Männern im Hintergrund gewesen, die sich dieses haltlosen Mannes bedient hatten, um ihre eigenen politischen Machtinteressen durchzusetzen.

Aber Sie können mir doch wenigstens zusichern, dass Sie die Inhalte meiner Präsentation nicht für eigene Zwecke verwenden werden, wiederholt Anna verzweifelt und wider besseres Wissen. *Herr Dr. Zwinger, Sie wollen doch auch, dass wir vorankommen und Sie sich die wertvolle Präsentation endlich ansehen können.*

Ich kann Ihnen erst im Januar 2010 einen Präsentationstermin einräumen, antwortet Zwinger selbstgefällig. *Und da Sie unbedingt darauf bestehen, Frau Stern. Ich gebe Ihnen hiermit mein Ehrenwort, dass wir die Inhalte Ihrer Präsentation nicht für unsere eigenen Zwecke verwenden werden! Meine Sekretärin mailt Ihnen in den kommenden Tagen einen Terminvorschlag zu. Aber ich muss darauf bestehen, dass dieser Termin unter vier Augen und ohne Anwälte oder weitere aufdringliche Personen stattfindet.*

Nur Sie und ich! Ich möchte einen persönlichen Termin mit Ihnen allein unter vier Augen, wiederholt Zwinger entschieden.

Die Präsentation

Nachdem Anna ihre beiden Anwälte sowie Rainer informiert hat, dass es im Januar 2010 einen Präsentationstermin unter vier Augen bei Zwinger geben wird, wartet sie auf das Eintreffen des Terminvorschlags. Zwei Tage später kommt die Mail von Zwingers Sekretärin. Die Präsentation soll am 12.01.2010 vormittags im Büro des Top-Managers stattfinden. Behutsam verschiebt Anna die Mail nach ihrem Eintreffen in den entsprechenden elektronischen Order, der den Namen des Versicherers trägt und die Funktion hat, die gesamte Korrespondenz mit dem Unternehmen in sich aufzunehmen.

Frau Schwertfeger, Annas Therapeutin, gratuliert ihr zu dem Erfolg und bemerkt, dass dem Konzern offensichtlich klar sei, dass die von Anna entwickelten Problemlösungen wertvoll und wichtig seien. Schließlich kenne die erfahrene Anna – fährt Frau Schwertfeger in einem mütterlichen Ton fort – aufgrund ihrer langjährigen Tätigkeit die gravierenden Probleme, unter denen nicht nur der Versicherer, sondern auch Millionen von Kunden sowie die Makler und Vermittler leiden.

In ihrer Freude über die Anerkennung hinterfragt Anna nicht, ob Frau Schwertfeger überhaupt weiss, wovon sie spricht. Die üblichen Vorgänge und Verhaltensweisen in der Wirtschaft sind ihrer Therapeutin – wie Anna schon mehrfach bemerkt hat – ganz offensichtlich ein Buch mit sieben Siegeln.

Auch die Professorin freut sich mit Anna. Selbst Rainer und Gerhard, die normalerweise eher dazu tendieren, grimmige oder einsilbige Kommentare von sich geben, äußern sich anerkennend.

Obgleich er die Branche genau kennt, verkneift sich Gerhard jeglichen kritischen Kommentar. An seinem Verhalten merkt Anna jedoch, dass etwas nicht stimmt. Seit einiger Zeit scheint der Anwalt abzutauchen und keine Lust mehr auf die gemeinsame Teamarbeit zu haben. Anna hat große Schwierigkeiten, den Fachanwalt zu erreichen oder ihn ans Telefon zu bekommen. Traurig grübelt sie darüber nach, was der Grund für sein Verhalten sein mag. Sie und Gerhard hatten in den Jahren zuvor immer gemeinsam im engen Schulterschluss für die Durchsetzung der Ansprüche von schwer geschädigten Versicherten gekämpft.

Schließlich gibt Anna es auf, sich den Kopf über das Verhalten des Anwalts zu zerbrechen. Obgleich sie über sein stillschweigendes Abtauchen sehr verletzt ist, entscheidet sie sich dafür, Gerhard in Ruhe zu lassen. Möglicherweise fürchtet der Anwalt die Folgen der von Anna in ihrem Konzept eingebundenen Digitalisierung, die eine Falschberatung der Kunden in Zukunft verhindern sowie eine schnellere Bewilligung der ihnen zustehenden Leistungen ermöglichen soll. Da viele seiner Mandanten Opfer einer schweren Falschberatung sind, könnte der Anwalt möglicherweise befürchten, dass er in Zukunft nicht mehr so viele Mandanten bekommt.

Am Tag der Präsentation fährt Anna in der Früh mit der U-Bahn zu Rainer in sein Grafikstudio. Sie hatten zuvor vereinbart, dass der Grafiker sie nochmals begleiten würde, um das Equipment aufzubauen. Anschließend würde er sich wieder bis zum Ende der Präsentation in die Teeküche verziehen, da Zwinger auf einer Vorführung unter vier Augen bestanden hatte. Wie üblich ist Rainer schlecht gelaunt und beschimpft anfänglich noch sein rebellisches Equipment, das nicht von selbst in den Kofferraum seines Volvos hinein fliegt, sondern aus den Räumen des Studios zum Auto geschleppt und anschließend auch noch ordentlich verstaut werden muss.

Andererseits siegt diesmal die große Neugier des Grafikers und im Auto auf dem Weg zum Termin bemüht sich Rainer um ein entspanntes Gespräch, da er merkt, wie nervös und aufgeregt

Anna ist. Der Grafiker weiss, dass sie ihre gesamten persönlichen finanziellen Rücklagen aufgelöst und in die Entwicklung von *digitalWorld* investiert hat. Aus diesem Grund hatte Rainer kein Geld für seine große Hilfe und Unterstützung verlangt.

Anna verspürt dem Grafiker gegenüber eine tiefe Dankbarkeit und schwört sich innerlich zum hundertsten Mal, dass sie ihn für seine monatelange Tag- und Nachtarbeit großzügig bezahlen wird, sobald sie *digitalWorld* erfolgreich verkauft hat. Sie weiß, dass Rainer täglich hart für die Erstellung der Auktionskataloge arbeiten muss, um mit seinem kleinen Studio über die Runden zu kommen. Sein hoher Arbeitseinsatz war nur möglich gewesen, weil der Grafiker noch einen langjährigen und zuverlässigen Mitarbeiter hat, der ihm in dieser anstrengenden Zeit sämtliche anfallende Arbeit abgenommen hatte.

Wie beim letzten Mal parkt Rainer sein Auto wieder auf den extra für Gäste reservierten Parkplatz des Versicherers in der Tiefgarage. Anschließend nehmen der Grafiker und Anna den Aufzug hinauf zur Rezeption, um ihre Gästeausweise abzuholen. Diesmal werden sie von einem jungem Mitarbeiter Zwingers, Herrn Dr. Fisch, an der Rezeption abgeholt und ins oberste Stockwerk hinauf begleitet. Im Aufzug erzählt der schlaksige junge Mann, der frisch von der Universität kommt, dass er sich in seiner Promotion mit der Spieltheorie – einer mathematischen Theorie, bei der es um Entscheidungssituationen geht, in denen mehrere Beteiligte miteinander interagieren, – auseinandergesetzt habe. Als die drei den Aufzug verlassen und den breiten Gang zu Zwingers Büro entlang gehen, kommen ihnen Zwinger und Feist entgegen. Während Anna beim Vorbeigehen die beiden Top-Manager grüßt, hat sie den Eindruck, dass sich Zwingers Miene beim Anblick des Grafikers verfinstert.

Vorbei an der Sekretärin – diesmal ist es nicht die kleine und durchsetzungsfähige Frau Wehr, sondern eine jüngere, hübsche Kollegin mit langen dunklen Haaren, die Fisch mit den Worten *Unsere Frau Seifert* vorstellt, – betritt die kleine Gruppe Zwingers Büro. Der Top-Manager residiert in einem großen Eckraum mit hohen Glasfronten, die einen beeindruckenden Blick auf den sonnigen Wintertag mit dem strahlend blauem Himmel erlauben. Anna hat den Eindruck, der intensiv leuchtende Himmel sei zum Greifen nah. Sie fühlt sich in dem Raum wie in einem Flugzeug hoch über den Wolken.

An der Wand hinter Zwingers Schreibtisch auf der rechten Seite des Raums hängt ein mehrere Meter breites und hohes Bild in dunkelblauen und goldenen Farben, welches eine Königin mit ihren Kriegern zeigt. Auf dem Schreibtisch erblickt Anna eine knapp dreißig Zentimeter hohe Installation, die sie an ein kleines Riesenrad erinnert. Daneben liegt die Ausgabe eines deutschen Nachrichtenmagazins mit einem Leitartikel über Google.

Schräg gegenüber von Zwingers Schreibtisch steht ein länglicher, in den Raum hineinragender Tisch, dessen Kopfende sich an der linken Glasfront befindet und der den Raum in zwei Hälften unterteilt. Auf dem Tisch steht eine große Kaffeekanne mit Kaffeegeschirr für zwei Personen.

Rainer macht sich unverzüglich daran, das Equipment auszupacken. Der Grafiker arbeitet konzentriert und schweigend. Während Fisch fröhlich wie ein junger Welpe um den Tisch herumhüpft und den dampfenden Kaffee in Annas Tasse gießt, beeilt sich Rainer, um rechtzeitig zum Terminbeginn um zehn Uhr fertig zu sein. Schließlich verschwinden die beiden Männer. Anna sitzt allein vor dem großen Bildschirm und wartet darauf, dass Zwinger kommt und sie mit der Vorführung der Präsentation beginnen kann.

Während die hell scheinende Sonne sie einhüllt und wärmt, legt sich ihre Nervosität. Anna mustert das große Gemälde hinter Zwingers Schreibtisch. Sie vermutet, dass das Bild von einem asiatischen Maler gemalt wurde und die dargestellte Königin stellvertretend für den Versicherer steht. Anna hat das Gefühl, dass die Krieger, welche die Königin umgeben, für die Top-Manager stehen. Auffällig an dem Gemälde ist, dass mehrere Krieger rechts von der Königin stehen und nur ein einziger Krieger sich auf linken Seite der Herrscherin befindet. Alle Krieger umfassen einen senkrecht aufgerichteten Speer. Anna fragt sich unwillkürlich, ob Zwinger sich als den Krieger sieht, der allein auf der linken Seite der Königin steht.

Eine Viertelstunde nach Terminbeginn betritt ein ostentativ gut gelaunter Zwinger den Raum und setzt sich neben Anna auf den zweiten Stuhl vor dem Bildschirm. Als Anna ihn fragt, von wem das Gemälde stamme, bestätigt Zwinger ihre Vermutung, dass es sich um das Bild eines asiatischen Malers handelt.

Während Zwinger sich einen Kaffee einschenkt und entspannt mit ihr plaudert, bemerkt Anna, dass der Top-Manager beharrlich versucht, mit seinen intensiv blau leuchtenden Augen ihren Blick einzufangen.

Zwinger hat sich diesmal in Schale geworfen und trägt einen teuren, maßgeschneiderten dunkelblauen Anzug. Offensichtlich hat der Top-Manager am Tag zuvor auch bei einem Friseur vorbei geschaut. Zwinger macht einen munteren und ausgeschlafenen Eindruck. Weder sein Aussehen noch sein Auftreten erinnern an den übernächtigten – fast schon verwahrlost anmutenden – Mann, den Anna bei dem ersten Termin kennengelernt hatte. Widerwillig muss sie sich eingestehen, dass Zwinger attraktiv und souverän wirkt. Anna hat jedoch das Gefühl, dass er seinen Charme gezielt einsetzt, um seine Ziele zu erreichen.

Um Zwingers Charmeattacke ein Ende zu bereiten, ruft Anna die erste Folie der Präsentation auf.

Ich rufe einleitend kurz zehn Folien auf, um Ihnen die gravierenden Probleme des deutschen Versicherungsunternehmens erneut in Erinnerung zu rufen. Anschließend wenden wir uns den von mir erarbeiteten Lösungsvorschlägen zu.

Der muntere und gut gelaunte Zwinger zeigt sich mit dieser Vorgehensweise einverstanden und hört Anna diesmal entspannt zu. Als die Folie mit der Darstellung der ersten Problemlösung auf dem Bildschirm erscheint, ruft Zwinger nach Annas einleitenden

Erläuterungen begeistert aus: *Was für eine tolle Idee! Das ist für jeden Kunden sofort intuitiv verständlich. Ohne lange, umständliche Erklärungen haben alle unsere Kunden schnell Zugang zu ihren wichtigen Verträgen und Unterlagen.*

Von Folie zu Folie steigt Zwingers Begeisterung. Der Top-Manager sprudelt seine enthusiastischen Kommentare heraus und verwickelt Anna in ein Fachgespräch:

Was für eine geniale Lösung, um ein aussagekräftiges Profil des Kunden zu generieren. Dieses Profil ermöglicht eine individuelle und maßgeschneiderte Beratung! Und anstatt umständlich und schwerfällig einem einzigen Kunden hinterher zu jagen und diesen Kunden schließlich mit hängender Zunge und viel Tamtam abzusichern, können unsere Vermittler in Zukunft innerhalb kürzester Zeit nicht nur den einen Kunden, sondern auch seine gesamte Familie gewinnen. Das bedeutet für uns eine sehr hohe Umsatzsteigerung.

Schließlich bemerkt der vor Begeisterung übersprudelnde Zwinger, dass es bei einer Verhandlung seitens des interessierten Käufers nicht sonderlich klug ist, allzu große Begeisterung für das Kaufobjekt zu zeigen. Abrupt stoppt der Top-Manager seinen enthusiastischen Wortschwall und macht eine 180 Grad Wendung:

Warum wollen Sie eine goldene Kuh schlachten?, fragt er listig, während er erneut versucht, mit seinen blau schmachtenden Augen Annas Blick einzufangen.

Eine goldene Kuh schlachten?

Ja, Frau Stern. Wir verdienen doch jetzt viel Geld mit dem Vertrieb unserer Produkte durch die Vertreter. Wir tun doch gut daran, alles so zu lassen wie es ist.

Aber Sie wissen doch ganz genau, dass die Beratungsqualität Ihrer Vertreterschaft hier in Deutschland jüngst von einer bekannten Verbraucherorganisation mit der Note ‚mangelhaft' bewertet wurde. Ihre Vertreter verkaufen einem Kunden, der eine Unfallversicherung will, eine Berufsunfähigkeitsrente und umgekehrt!, erwidert Anna entschieden. *Mithilfe von digitalWorld wird das nicht mehr passieren.*

Ach diese Verbraucherorganisationen, regt sich Zwinger auf. *Die sind doch ideologisch vollkommen verblendet und erzählen nur dummes und erfundenes Zeug, das unsere Kunden verunsichert. Diese Leute von den Verbraucherorganisationen schleichen sich bei unseren Vertretern und Vertreterinnen in deren Agenturen ein und tun so, als wären sie unbedarfte Kunden, die sich überhaupt nicht auskennen, nicht die geringste Ahnung von der Versicherungsthematik haben und dringend eine seriöse und qualifizierte Beratung benötigen. Und hinterher behaupten diese niederträchtigen Verbraucherschützer, dass sie eine Unfallversicherung haben wollten und stattdessen eine Berufsunfähigkeitsrente bekommen haben. Was soll denn so ein armer Vertreter machen, wenn er so bösartig reingelegt wird?*

Die Mitarbeiter dieser Verbraucherorganisationen sind doch alles Linke und Marxisten!, ereifert sich Zwinger weiter.

Anna wird wieder schlagartig klar, warum sie *digitalWorld* entwickelt hat. Niedergeschlagen denkt sie daran, wie üblicherweise in der Branche gedacht und gehandelt wird.

Während Zwinger weiter wütend vor sich hin wettert, fällt Anna die jüngste Äußerung des Vorstandsvorsitzenden eines anderen Versicherungskonzerns ein. Dieser hatte in einem langen Interview – aufgrund der Nachfrage zu seinem hohen Gehalt – seinem tiefsitzenden Unmut Luft gemacht und behauptet, *Gerechtigkeit sei für ihn ein marxistischer Begriff*. Wahrscheinlich hatte der Vorstandsvorsitzende *Gleichheit* statt *Gerechtigkeit* gemeint, aber keine große Lust gehabt, ein wenig nachzudenken und zu differenzieren. Dass der Begriff *marxistisch* für den Vorstandsvorsitzenden noch aktuell verwendbar zu sein schien, hatte Anna noch erstaunlicher gefunden.

Plötzlich stoppt Zwinger seine Schimpfkanonade. Gleich einem Wolf, der schnell einen Satz Kreide eingeworfen hat, fragt er mit einschmeichelnder Stimme und nicht ohne seine blauen Augen erneut tief in Annas Augen zu senken:

Aber ich langweile Sie doch hoffentlich nicht? Möglicherweise sehen Sie diese Problematik nicht so wie ich ...Äh, was halten Sie davon, wenn wir uns der nächsten Folie zuwenden, Frau Stern?

Die nächste Folie behandelt die automatische Entstehung des Protokolls während der Beratung.

Das Beratungsprotokoll soll automatisch während der Beratung entstehen, so dass der Vertreter dieses Protokoll nicht gesondert anfertigen muss? Verstehe ich Sie da richtig?, fragt Zwinger, der sich nach seiner verbalen Entgleisung wieder den Anschein eines seriösen Top-Managers zu geben versucht und mit hochrotem Kopf seinen farblich dazu passenden dunkelroten Krawattenknoten zurecht rückt.

Das haben Sie richtig verstanden, Herr Dr. Zwinger. Bis dato werden immer noch viele schlampige und unwahre Protokolle angefertigt, welche von den oftmals zu vertrauensseligen Kunden unterschrieben werden, ohne sich das Protokoll vorher genau durchzulesen. Im Ernstfall sind diese Protokolle für den Kunden wertlos. Aus diesem Grund halte ich eine automatische Entstehung des Protokolls während der Beratung für wichtig. Dadurch sind die Kunden auch deutlich besser vor Falschberatungen geschützt.

Die Kunden, die Kunden, murrt Zwinger verdrossen. *Ständig liegt man uns mit den Bedürfnissen der Kunden in den Ohren. Und wer denkt an uns? Neulich habe ich mit einem Kollegen aus dem obersten Management eines Mitbewerbers gesprochen. Auch dieser Kollege meinte unter vier Augen zu mir, sein Unternehmen würde gutes Geld damit verdienen, die von den Kunden abgeschlossenen Berufsunfähigkeitsrenten im Leistungsfall – also dann, wenn der Versicherte berufsunfähig ist und nicht mehr arbeiten kann – stark zu kürzen. Seinem Unternehmen – so der Kollege im Vertrauen zu mir – stünde das Wasser bis zum Hals und diese Leistungskürzungen würden dem Versicherer dabei helfen, in diesen schweren Zeiten zu überleben.*

Obgleich sie schockiert ist, zwingt Anna sich dazu, Zwinger möglichst gleichgültig anzusehen.

Zwinger lenkt versöhnlich ein:

Sie wissen, dass Sie ein geniales Reformkonzept entwickelt haben. Wir haben mittlerweile zeitlich kräftig überzogen. Meinem Eindruck nach haben wir die wichtigsten Punkte bereits besprochen und ich habe verstanden, worauf Sie hinauswollen. Nur eine Frage noch: Wieviel wollen Sie für digitalWorld haben?

Anna nennt den Kaufpreis: *12,5 Millionen Euro!*

Mit einem Satz springt Zwinger auf und eilt zu einem Sideboard an der Wand neben seinem Schreibtisch, auf dem einige Papiere liegen. Zwinger fängt an, in diesen Papieren zu wühlen und sagt nach kurzem Schweigen mit gepresster Stimme:

Vielleicht sollten Sie sich an einen anderen Versicherer wenden. Für uns ist das zu teuer!

Anna fällt wieder ein, wie sich Zwinger bei dem ersten Termin im November 2009 vorgestellt hatte: *Ich bin Dr. Maximilian Zwinger und verwalte ein Budget von mehreren Milliarden Euro.*

Nach einem kurzen Schweigen wendet sie sich wieder an den Top-Manager:

Ich schlage vor, Sie halten nochmals intern Rücksprache mit dem Vorstand und lassen sich grünes Licht für den Kauf von digitalWorld geben. Vergessen Sie nicht, dass die Umsetzung von digitalWorld – wie von Ihnen richtig erkannt – allein Ihrem deutschen Unternehmen eine hohe Umsatzsteigerung bescheren wird. Dies gilt auch für alle anderen Unternehmen Ihres Konzerns weltweit!

Gut, einverstanden, lenkt Zwinger überraschend ein. *Ich halte intern Rücksprache und werde mich darum bemühen, grünes Licht für den Kauf zu bekommen. Sie können auf mich zählen. Ich stehe hundertprozentig auf Ihrer Seite. DigitalWorld ist eine ganz große Nummer und muss unbedingt Engelbert Dürr vorgelegt werden.*

Zwinger eilt zur Tür und bittet die Sekretärin, Herrn Dr. Fisch und den Grafiker zu holen. Durch die halb geöffnete Tür sieht Anna den Top-Manager Feist aufgeregt auf der Stelle traben. Sie hört wie Feist halblaut zu Zwinger sagt:

Ich warte hier schon seit Ewigkeiten auf Sie! Warum hat das jetzt so lange gedauert? Ich dachte, die Präsentation sollte nur eine Stunde dauern.

Zwinger dreht sich zu Anna um:

Ich habe jetzt eine dringende Besprechung. Ich melde mich bei Ihnen!

Während Zwinger hinauseilt, kommen sein Assistent und der Grafiker herein. Wie zu Beginn des Termins springt Fisch erneut wie ein aufgeregter Welpe hin und her.

Wie war's? Kriegen Sie den Auftrag? Das ist ja wirklich spannend!

Feist wartet bereits seit einer halben Stunde in Zwingers Sekretariat. Er ist ziemlich nervös. Zwinger und Feist haben jetzt gleich einen Termin bei einem der Vorstände des deutschen Unternehmens. Graustein ist mittlerweile ziemlich knurrig, weil die schwere Krise trotz seiner intensiven Reformbemühungen schon so lange dauert und es dem deutschen Unternehmen nach wie vor sehr schlecht geht. Ständig rote Zahlen: das schlägt Graustein schwer auf's Gemüt ...

Äh, kann ich helfen?, fragt Fisch den Grafiker, der nach einem prüfenden Blick auf Anna dem Assistenten die Tastatur in die Hand drückt.

Mach' ich doch gerne, gar kein Problem, versichert der Assistent.

Während sie zu dritt an der Sekretärin vorbei hinausgehen, fragt Rainer leise:

Und wie war's? Ist alles gut gegangen?

Warte bis wir im Auto sind, dann erzähle ich Dir alles, flüstert Anna ihm kurz zu, während Fisch ihnen voraus zum Aufzug eilt und die Tür offen hält, bis sie alle drinnen sind.

Der Verdacht

Und, traust Du ihm?, fragt Rainer nachdem Anna ihm detailliert berichtet hat, wie die Präsentation gelaufen ist. Der Grafiker sitzt am Steuer seines alten Volvos und fädelt sich wieder in den dichten Verkehr ein.

Du meinst, ob ich Zwinger traue?, fragt Anna. *Vergiss nicht, dass Zwinger mir höchstpersönlich sein Ehrenwort gegeben und mir persönlich zugesichert hat, die Inhalte meiner Entwicklungen nicht für eigene Zwecke zu verwenden. Er meinte heute, er werde sich intern darum bemühen, grünes Licht für den Kauf von digitalWorld zu bekommen: ich könne auf ihn zählen, er stünde hundertprozentig auf meiner Seite. Am Schluss sagte er noch, dass digitalWorld eine ganz große Nummer sei und Engelbert Dürr vorgelegt werden müsse.*

Eine ganz große Nummer? Was soll denn das schon wieder bedeuten?, fragt der Grafiker misstrauisch, während er einen seltsamerweise dahin schleichenden BMW überholt.

Das musst Du den promovierten Mathematiker Zwinger schon selbst fragen, erwidert Anna kühl.

Übrigens geht das Wort Nummer auf das lateinische numerus – »Zahl, Anzahl, Rang« *– zurück, dessen Wurzel sich im altgriechischen νέμω –* »zu-, aus-, verteilen« *– wiederfindet. Sorry, meine Vergangenheit als Sprachwissenschaftlerin …*

Mir fällt in dem Zusammenhang nur »eine Nummer schieben« *ein. Die Wendung kommt vermutlich von der früher üblichen Ausgabe von Nummern in Bordellen.* »Eine ganz große Nummer« *kann vieles bedeuten*, murmelt der Grafiker schlecht gelaunt.

Und warum glaubst Du, dass Du ihm trauen kannst?, wiederholt er seine Frage.

Zwinger wäre nicht der erste Top-Manager, der plötzlich einen schweren Gedächtnisverlust erleidet und sich deswegen leider an nichts mehr – und schon garnicht an ein »kleines Ehrenwort« – erinnern kann. Hat Zwinger nicht auf den Fall des Ministerpräsidenten Marschel verwiesen, bevor er Dir sein »Ehrenwort« gegeben hat? Das hast Du mir doch damals erzählt.

Anna nickt erschöpft.

Das hat doch eine tiefere Bedeutung, fährt der Grafiker fort. *Was sollte Zwinger ernsthaft daran hindern, sich mit fremden Federn zu schmücken und Deine Entwicklungen als seine eigenen auszugeben? Zwinger dürfte einer der wenigen Spezialisten im Konzern sein, die ein solches Großprojekt, wie von Dir entworfen, stemmen können. Möglicherweise ist Zwinger zu diesem frühen Zeitpunkt – was die großen Möglichkeiten der Digitalisierung betrifft – sogar der einzige ernst zu nehmende Spezialist, den das Unternehmen momentan intern hat! Der Vorstand wird sich somit leicht tun, Zwinger zu beauftragen, digitalWorld umzusetzen. Dies gilt insbesondere dann, wenn Zwinger das entsprechend einfädelt!*

Aber wenn Zwinger den Vorstand davon überzeugen kann, dass digitalWorld umgesetzt wird, dann wird er mit hoher Wahrscheinlichkeit bald selbst zum Vorstand befördert. In dieser hohen Position muss er eine weiße Weste vorweisen können, murmelt Anna. Sie hat plötzlich das Gefühl, als würde sich ein großer, schwerer Stein auf ihre Brust senken und ihr sämtliche Luft zum Atmen rauben. Anna spürt die Angst vor einem Kollaps.

Zwinger wäre nicht der erste Vorstand, der diesen Job bekommt, weil er vor allem seinen eigenen egoistischen Vorteil im Auge hat und die genialen Konzepte sowie Problemlösungen anderer als seine eigenen genialen Konzepte und Problemlösungen ausgibt, um die Karriereleiter nach oben zu klettern, beharrt der Grafiker.

Wusstest Du übrigens, dass Strafrechtler den Betrug anhand von vier Kriterien definieren? Erstens: Täuschung über Tatsachen. Zwei-

tens: Irrtum. Drittens: Vermögensverfügung. Viertens: Schaden. Die Tatsachen müssen überprüfbar oder beweisbar sein und durch die Täuschungshandlung muss ein Irrtum erregt oder aufrecht erhalten werden, fügt Rainer nach einem kurzen Schweigen hinzu.

Seit wann interessierst Du Dich für das Strafrecht?

Ich habe mir diese einfache Definition einfach mal gemerkt! So schwer ist das auch wieder nicht!, knurrt der Grafiker, der viel im Internet recherchiert und nachliest. *Wenn Du Dir die Herleitung des Wortes »Nummer« merkst, dann werde ich mir wohl die strafrechtliche Definition von »Betrug« merken dürfen.*

Zwinger benötigt für die Umsetzung eines solchen Riesenprojekts Mitstreiter und Verbündete, erwidert Anna schwach. Sie hat mittlerweile das Gefühl, als würde ihr gesamter Körper und insbesondere ihre Beine nur noch aus Gummi bestehen.

Allein schafft er das nie! Und er kann nicht davon ausgehen, dass alle Mitstreiter und Verbündete, die er sich ins Boot holt, auf die Dauer dicht halten.

Wenn er schlau ist, dann macht er – natürlich nur mündlich und nicht schriftlich – falsche Versprechungen, schickt andere nach vorn und zieht aus dem Hintergrund die Fäden, damit er notfalls – wenn die Sache auffliegt – seine Unschuld beteuern kann, erwidert Rainer unbeirrt.

Der Grafiker hatte in jüngster Zeit aufmerksam viele detaillierte Berichte über das Vorgehen der Staatsanwaltschaft gelesen, die in mehreren Bundesländern verdächtige Unternehmen durchsucht, umfangreiche Unterlagen beschlagnahmt sowie mehrfach Anklage gegen bekannte Personen aus dem Top-Management großer Unternehmen erhoben hatte.

Mit einem kurzen Seitenblick auf die bleiche, in sich zusammengesunkene Anna fügt er jedoch schnell reumütig hinzu:

Aber Zwinger ist bestimmt die große Ausnahme von der Regel. Immerhin war er heute – so wie Du mir das erzählt hast – von der Präsentation sehr begeistert. Das spricht dafür, dass Zwinger kein eiskalter und raffinierter Stratege ist. Aber vielleicht ist das auch nur eine Masche von ihm, um Dein Vertrauen und Deine Zuneigung zu gewinnen ...

Rainer ruft sich zur Ordnung und versucht, Anna weiter aufzubauen:

Bei der Digitalisierung handelt es sich schließlich um ein neues Thema. Möglicherweise ist die Generation, die sich jetzt darauf konzentriert, weniger skrupellos und machtversessen. Erinnerst Du Dich noch an die Verhaftung des Vorstandsvorsitzenden Winkelmacher?, fragt der Grafiker vergnügt.

Natürlich!

Die Medien hatten vorher Wind davon bekommen, wann seine Verhaftung stattfindet. Die Fotografen und Journalisten hatten sich in aller Früh vor seinem Haus aufgebaut, als Winkelmacher in Begleitung der Staatsanwaltschaft aus der Haustür trat. Das waren tolle Fotos, die das ganze Land gesehen hat! Ich gehe davon aus, dass ein Mann wie Zwinger, der immerhin einen der größten Versicherungskonzerne weltweit vertritt, nichts mehr fürchtet als eine öffentliche Bloßstellung.

Wir brauchen unbedingt einen Ersatz für Gerhard und ich muss mit Frau von Schliff sprechen, erwidert Anna, die schweißüberströmt gegen das Gefühl einer tiefen Ohnmacht kämpft, das sie zu überwältigen droht.

Ich fahre Dich jetzt direkt bis vor Deine Haustür. Sonst klappst Du mir noch in der U-Bahn zusammen. Ich glaube, es ist besser, Du ruhst Dich nach dieser anstrengenden Zeit erst einmal aus und genießt Deinen großen Erfolg. Genau betrachtet ist es ein Riesenerfolg und wahrscheinlich bin ich nur neidisch!, fügt der Grafiker zerknirscht hinzu.

Die leuchtenden Farben sowie die hohe Qualität der Icons haben Zwinger bei unserem ersten Termin ziemlich beeindruckt. Auch wenn wir ihm die Folie mit den ausgewählten Icons nur drei Sekunden lang gezeigt haben: Zwinger ist richtig zusammengezuckt. Ohne Dich hätte ich das nie geschafft! Du hast meine Entwürfe der Icons genauso umgesetzt, wie ich das haben wollte, erwidert Anna entschieden.

Der Grafiker schaut Anna nachdenklich an.
Weisst Du, was ich befürchte? Diese künstlerisch wertvollen Icons sind für die Top-Manager ein rotes Tuch, das sie bis auf's Blut reizt.
Wie meinst Du das?
Ist Dir nicht aufgefallen, wie grau diese Manager von der »Zeitsparkasse« alle sind?, fährt Rainer fort, während er säuerlich registriert, dass die Ampel auf rot springt und er bremsen muss.
Das sind doch selbstverliebte Langweiler, die in erster Linie dem Geld und der Macht nachjagen. Für alles Bunte, Schöne und Farbige haben die doch nur Verachtung übrig.
Du siehst das deutlich strenger als ich.
Mir ist das auch an deren Frauen aufgefallen.
So, so ...
Die Frauen dieser mächtigen Männer tragen meistens teure Designerkleider. Alles wie massgeschneidert, aber dennoch austauschbar. Im Grunde tragen sie perfekt sitzende Uniformen, die ihre Zugehörigkeit zu einer mächtigen Gruppe signalisieren. Der Hass und die Abwehr gilt dem Individuellen, dem Persönlichen, dem Bunten und der Vielfalt.
Wir sind jetzt da. Soll ich Dich nach oben in Deine Wohnung begleiten oder schaffst Du das allein?, fragt Rainer besorgt.
Das geht schon. Schließlich habe ich einen Aufzug im Haus, sagt Anna und öffnet behutsam die Autotür.
Ach, noch eins, Anna, sagt der Grafiker mit leiser Stimme.
Anna dreht sich um und schaut Rainer an.
Verlieb' Dich nicht in ihn.
Anna spürt, wie ihr die Röte ins Gesicht steigt.
In wen? Etwa in Zwinger?
Ich weiss, dass diese Männer ganz besonders charmant sein können, wenn es um ihren eigenen Vorteil geht. Zwinger ist da keine Ausnahme. Du hast Dich jetzt ein Jahr lang allein – sozusagen im dunklen Kämmerlein – abgerackert und schwer geschuftet: ohne ein nennenswertes Feedback oder hilfreiche Anerkennung. Jetzt hat Zwinger Dir nicht nur seine konzentrierte Aufmerksamkeit,

sondern auch seinen gesamten Charme zukommen lassen und Dir darüber hinaus bestätigt, dass digitalWorld genial ist.
Ja und?, sagt Anna schnippisch.
Ich meine es gut mit Dir, Anna. Wenn Du Dich in Zwinger verliebst, dann wird er das mit Sicherheit ausnützen. Ich will Dich nur warnen.
Du meinst also, dass ich als Verliebte »widerstandsunfähig« wäre und Zwinger diesen Zustand nicht nur erkennen, sondern auch gezielt ausnützen würde …Das sind die strafrechtlichen Formulierungen zur Definition einer Vergewaltigung.
Ich spreche nicht von einer körperlichen, sondern von einer seelischen Gewalttat. Einer verliebten Frau fällt es schwerer, ihren eigenen Willen durchzusetzen und sich klar abzugrenzen. Das würde Zwinger mit Sicherheit ausnützen, um sich Deine wertvollen Entwicklungen und Problemlösungen unter den Nagel zu reissen.
Anna seufzt.
Das Herz hat seine Gründe, die der Verstand nicht kennt, murmelt sie nachdenklich vor sich hin. *Aber du hast recht, Rainer. Zwingers Charme und seine übersprudelnde Begeisterung haben mich berührt.*
Gefahr erkannt und nicht gebannt, kommentiert der Grafiker trocken. *Sei vorsichtig, Anna. Zwinger ist nur auf seinen eigenen Vorteil aus!*

In ihrer Wohnung angekommen, lässt Anna sich auf das Sofa in ihrem Wohnzimmer fallen. Draußen scheint immer noch eine strahlende Sonne an einem azurblauen Himmel.
Ich muss Frau von Schliff anrufen, denkt sie und schleppt sich erschöpft in ihr Arbeitszimmer.
Wie immer freut sich Anna, die muntere, fröhliche und klare Stimme ihrer Anwältin zu hören. Auch wenn sie das Gefühl hat, dass diese Munterkeit aufgesetzt wirkt. Anna fällt ein, dass die Professorin ihr einmal anvertraut hatte, sie sei von ihren Eltern

dazu erzogen worden, immer und überall die Beste zu sein. Sie erinnert sich an die Angst, die dieses Bekenntnis der Anwältin bei ihr ausgelöst hatte. Anna fürchtete, dass der auf ihr lastende Druck, immer und überall die Beste sein zu müssen, es der Anwältin schwer machen würde, Annas Leistungen anzuerkennen und nicht mit ihr zu konkurrieren. Doch an diesem Tag scheint das nicht der Fall zu sein!

Nachdem Anna ihr ausführlich von der Präsentation bei Zwinger berichtet hat, ruft die Professorin aus:

Sieht ganz so aus, als hätte Zwinger angebissen. Es ist natürlich ein enormer Fortschritt, dass er sich bei dem Vorstand nicht nur für den Kauf von digitalWorld einsetzen will, sondern auch den engen Schulterschluss mit Ihnen sucht. Ich schlage vor, wir warten ab, bis Zwinger sich bei uns meldet. Wir sollten ihm jetzt ein wenig Zeit und Luft lassen.

Zwinger und Feist sind direkt nach der Präsentation zu einem der Vorstände des deutschen Unternehmens, Herrn Dr. Graustein, zitiert worden. Die aufgezeigten Probleme brennen dem Versicherer unter den Nägeln.

Aber das ist doch ganz ausgezeichnet!, ruft die Anwältin begeistert aus. *Ich gehe davon aus, dass wir bald wieder von Zwinger hören werden!*

Anna berichtet ihrer Anwältin nicht von dem Gespräch zwischen ihr und dem Grafiker. Sie spürt, dass sie sich erst einmal in Ruhe damit beschäftigen muss. Stattdessen macht sie ihrer Anwältin einen Vorschlag:

Wir sollten einen Ersatz für Gerhard ins Boot holen. Ich habe dabei an Herrn Wach gedacht, der mit zwei weiteren Kollegen eine weltweit tätige Unternehmensberatung leitet. Ich kenne Herrn Wach schon seit mehreren Jahren und schätze ihn sehr. Sie werden ihn mögen.

Ein guter Vorschlag, antwortet die Anwältin. *Wir benötigen für die anstehenden Verkaufsverhandlungen dringend einen Profi! Wenn Wach bereit ist, mit uns zu kooperieren, dann sollten wir bald-*

möglichst einen Termin mit ihm in Ihrer Kanzlei vereinbaren, Wach die Verschwiegenheitsvereinbarung unterschreiben lassen und ihm anschließend die PowerPoint-Präsentation zeigen. Einverstanden?
So machen wir das, entgegnet die Professorin zufrieden. *Sie melden sich wieder bei mir, nachdem Sie mit Herrn Wach gesprochen haben.*

In der Nacht nach der Präsentation bei Zwinger hat Anna einen Traum. Sie träumt, dass sie in einem voll besetzten großen Fußballstadion als Stürmerin in einer Fußballmannschaft mitspielt und den Ball vor über 70 000 begeisterten Zuschauern direkt ins Tor schießt. Als der Jubel unter den Zuschauern ausbricht, wacht Anna schweissüberströmt auf.

Frau Schwertfeger reagiert positiv, als Anna ihr in der Sitzung den Traum erzählt.

Offenbar haben Sie mit digitalWorld einen Volltreffer gelandet, sagt die Therapeutin, die in einem Sessel hinter der Coach, auf der Anna liegt, thront und von oben auf sie herabschaut.

Anna berichtet ihr von den Bedenken des Grafikers.

Immerhin hat Herr Dr. Zwinger Ihnen sein Ehrenwort gegeben. Aber es wäre in der Tat besser, die Manager würden endlich die Verschwiegenheitsvereinbarung unterschreiben. Das wäre ein deutlich wirksamerer Schutz, ergänzt die Therapeutin.

Meinen Sie wirklich, Frau Schwertfeger, dass mir dann, wenn sich herausstellen sollte, dass Zwinger und seine Kollegen kriminelle Betrüger sind, eine unterschriebene Verschwiegenheitsvereinbarung zu meinem Recht verhelfen wird? Sie wissen doch, dass ich kaum noch finanzielle Ressourcen habe. Wenn ich wegen eines Verstoßes gegen die Pflichten, die sich aus der Verschwiegenheitsvereinbarung ergeben, gerichtlich gegen einen Großkonzern und die Top-Manager bzw. Vorstände vorgehe, dann trete ich gegen einen ungleich mächtigeren Gegner an, der über viel mehr Zeit, viel mehr Geld und deutlich erfahrenere Anwälte als ich verfügt. Die Anwälte des

Versicherers werden alles in Bewegung setzen, um zu gewinnen. Dagegen kommt meine Anwältin niemals allein an.
Außerdem hat Frau Professor von Schliff keine Erfahrung mit der Versicherungsbranche, fügt Anna aufgebracht hinzu.
Eine unterschriebene Verschwiegenheitsvereinbarung stellt in Ihrem Fall einen wirksamen Schutz dar!, insistiert die Therapeutin zum wiederholten Mal erbost darüber, dass Anna es wagt, ihre Kompetenz im Hinblick auf ein ihr vollkommen unbekanntes Spezialthema in Frage zu stellen.

Doch wie Anna mittlerweile weiss, erfordert eine im Streitfall ausreichend tragfähige Verschwiegenheitsvereinbarung umfangreiches Spezialwissen sowie eine große Erfahrung mit der Branche, auf die die Verschwiegenheitsvereinbarung massgeschneidert zugeschnitten werden muss.

Eine Woche später treffen sich Anna, Rainer und der Unternehmensberater Ernst Wach bei Frau von Schliff in der mit wertvollen Antiquitäten ausgestatteten Kanzlei, die die Anwältin in dem Untergeschoss ihres großen, neuen Hauses eingerichtet hat. Hinter dem Schreibtisch der Anwältin hängt ein Ölgemälde an der Wand, das den Vater von Charlotte von Schliff, einen renommierten Urheberrechtler, zeigt.

Da Anna eine halbe Stunde vor Rainer und dem Unternehmensberater in der Kanzlei eingetroffen ist, können die beiden Frauen an dem runden Besprechungstisch in Ruhe gemeinsam eine Tasse Tee trinken und dabei den anstehenden Termin vorbereiten. Annas Blick schweift in den noch aus dunklen Erdhügeln bestehenden Garten, in dem etwas Schnee liegt.

Frau von Schliff hat selbst gebackene Zitronenplätzchen auf den Tisch gestellt.

Meine Zitronenplätzchen schmecken Ihnen?, fragt die Professorin, während Anna vergeblich versucht, von einem steinharten Keks, der nur entfernt nach Zitrone schmeckt, ein Stückchen abzubeissen.

Und die haben Sie wirklich alle selbst gebacken?

Mein Mann lobt auch immer meine hervorragenden Backkünste, antwortet die Anwältin geschmeichelt.

Als es klingelt, geht die Professorin, die noch keine Sekretärin, sondern lediglich einen Schreibdienst beschäftigt, die Treppen hinauf zur Eingangstür. Kurz darauf betreten der schlanke Unternehmensberater gefolgt von dem linkischen Grafiker mit dem geröteten, schmalen Gesicht den Raum. Anna begrüßt den lächelnden kahlköpfigen Mann, der eine feine Goldrandbrille sowie einen eleganten Anzug trägt.

Frau Stern hat mir erzählt, dass sie sich bereits seit mehreren Jahren kennen, sagt die Anwältin, während sie dem Unternehmensberater eine Tasse Tee reicht und ihm ein Plätzchen anbietet.

Während Rainer, der sich in der edel eingerichteten Kanzlei ziemlich unwohl fühlt, grimmig die kostbare Teekanne anstarrt, antwortet Wach – dem es keinerlei Schwierigkeiten bereitet, ungezwungen und entspannt aufzutreten –, freundlich:

Als Anna mich gefragt hat, ob ich bei ihrem kleinen Team einsteigen will, habe ich sofort zugesagt, da ich Anna schon so lange kenne und ihr vollkommen vertraue.

Wach versucht lächelnd, von dem steinharten Gebäck abzubeissen. Als er merkt, dass das nicht geht, lässt er das Plätzchen unauffällig in seiner rechten Jackentasche verschwinden.

Wenn Sie bei uns mitmachen wollen, dann müssen Sie unsere Verschwiegenheitsvereinbarung unterschreiben.

Anna registriert erleichtert, dass die Anwältin den Unternehmensberater offenbar sympathisch findet.

Ich habe hier zwei Ausfertigungen vorbereitet. Bitte lesen Sie sich den Text in aller Ruhe durch, bevor Sie unterschreiben.

Eine absolut übliche Vereinbarung, lautet Wachs ruhiger Kommentar, während er die Seiten überfliegt.

Mein Unternehmen schickt täglich mehrere Vereinbarungen an andere Unternehmen weltweit raus, die wir beraten. Normalerweise erhalten wir die Verschwiegenheitsvereinbarung postwen-

dend unterschrieben zurückgeschickt. Reine Routine! Wo soll ich unterschreiben?

Während der Unternehmensberater lächelnd seine Unterschrift auf die beiden Ausfertigungen setzt, klappt Anna ihren Laptop mit der PowerPoint-Präsentation auf und ruft die erste Folie auf.

Wach ist ebenso begeistert über *digitalWorld* wie Zwinger: *Das ist wirklich genial und absolut revolutionär!*

Anna freut sich über den Enthusiasmus und die Freude des Unternehmensberaters. Mit seiner großen Begeisterung flösst Wach dem Team Optimismus und Zuversicht ein.

Bis dato kennt Zwinger nur die PowerPoint-Präsentation von digitalWorld, aber noch nicht die ausführliche Niederschrift des Reformkonzepts mit den abgebildeten 35 Icons. Richtig?, fragt Wach, nachdem Anna ihren Laptop wieder zugeklappt hat.

Vollkommen richtig, aber Zwinger steckt seinen Worten zufolge bereits in Verhandlungen mit dem Vorstand, weil er möchte, dass der Versicherer digitalWorld kauft, antwortet Anna.

Wir haben bereits drei Mal vergeblich versucht, die Top-Manager dazu zu bewegen, die Vereinbarung zu unterschreiben. Was sollen wir Ihrer Meinung nach tun?

Bestehen Sie auf einer Unterschrift und teilen Sie Zwinger mit, dass die Verhandlungen erst dann fortgeführt werden, wenn er unterschrieben hat, sagt Wach entschlossen. *Es ist vollkommen lächerlich, dass Zwinger und Feist deswegen so einen Aufstand veranstalten!*

Die Vereinbarung geht morgen nochmals per Post an Zwinger raus. Ich schlage vor, Anna vereinbart mit ihm einen weiteren Telefontermin und dieses Telefonat werden wir von meiner Kanzlei aus führen, fasst die Anwältin erleichtert zusammen.

Der Vorstand

Zwinger wird morgen zum Deutsch-Türkischen Wirtschaftsforum nach Istanbul fliegen. Wir können kurz vor seinem Abflug um 10.30 Uhr mit ihm telefonieren, wenn er am Flughafen ist, berichtet Anna ihrer Anwältin am Telefon.

In den Tagen zuvor hatte Zwinger Anna spontan angerufen und sie um einen funktionierenden Vorschlag gebeten:

Wie können wir das gemeinsam hinbekommen, Frau Stern, dass Herr Dr. Graustein – der Vorstand und wahrscheinlich bald auch der Vorstandsvorsitzende des deutschen Versicherungsunternehmens – wegen einer zweiten Präsentation von digitalWorld von sich aus auf mich zukommt?, hatte Zwinger sie gefragt.

Wieso können Sie Herrn Dr. Graustein nicht direkt fragen, ob Interesse an einer weiteren PowerPoint-Präsentation von digital-World besteht?

Nein, das geht auf gar keinen Fall! Ich will, dass Herr Dr. Graustein von sich aus auf mich zukommt und mich um eine Präsentation von digitalWorld bittet, hatte der Top-Manager irritiert und verärgert ausgerufen.

Davon ausgehend, dass Zwinger lediglich ein wenig zu eitel und zu befangen sei, um direkt auf Graustein zuzugehen, hatte Anna sich um eine Lösung des Problems bemüht und Zwinger einen Vorschlag gemacht:

Frau von Schliff und ich könnten Herrn Dr. Graustein ein ähnliches Schreiben – wie im September 2009 an den Vorstandsvorsitzenden Ihres Konzerns, Engelbert Dürr, – mit beigefügter Ver-

schwiegenheitsvereinbarung zusenden, ihm darin mitteilen, dass ich Ihnen im Januar die Präsentation gezeigt habe und Sie der zuständige Ansprechpartner für weitere Informationen sind.

Das ist ein ausgezeichneter Plan!, hatte Zwinger hocherfreut ausgerufen. *Diese Vorgehensweise wird mit Sicherheit funktionieren.*

Nachdem er das Schreiben erhalten hatte, war Graustein in der Tat auf Zwinger zugekommen und hatte sein Interesse an *digitalWorld* bekundet. Hocherfreut hatte Zwinger sich bei Anna bedankt und ihr eine persönlich geschriebene Einladung zu einer zweiten Präsentation von *digitalWorld* vor Graustein und Hohn – einem weiteren Top-Manager des deutschen Unternehmens – zugemailt. Der genaue Termin für diese Präsentation sollte Anna noch mitgeteilt werden.

Ein gerissener Hund, hatte Rainer geknurrt, nachdem Anna ihm davon erzählt hatte.

Siehst Du das nicht zu schwarz, Rainer? Immerhin habe ich eine Einladung zu einer zweiten Präsentation erhalten: von Zwinger höchstpersönlich verfasst und zugemailt.

Ich glaube das erst, wenn der Tag dieser Präsentation gekommen ist und wir Herrn Dr. Zwinger, Herrn Dr. Graustein und Herrn Ullrich Hohn persönlich gegenüberstehen. Mein Bauch sagt mir, dass etwas Gravierendes nicht stimmt. Warten wir's ab. Es ist nichts so fein gesponnen ...

Als Anna am nächsten Tag um 10.00 Uhr ankommt, empfängt die Professorin sie wie immer persönlich an der Eingangstür ihres Hauses. In der Kanzlei setzt sich Anna gegenüber ihrer Anwältin an den Schreibtisch. Die Professorin will für die Dauer des Telefonats den Lautsprecher anschalten, damit Anna das Gespräch nicht nur mithören, sondern sich auch aktiv daran beteiligen kann.

Nachdem die Anwältin Zwingers Sekretärin angerufen hat, wird sie weiter verbunden. Zwinger meldet sich sofort und begrüsst die beiden Frauen gut gelaunt.

Auf ihre Frage hin bestätigt er der Anwältin, dass er im Begleittross der Bundeskanzlerin als einer der zahlreichen Vertreter der deutschen Wirtschaft nach Istanbul reist. Anschließend kommt Zwinger auf seinen Kollegen Graustein zu sprechen, der mit ihm zusammen in die Türkei fliegt.

Herr Dr. Graustein und ich werden in Istanbul sicherlich ein wenig Zeit und Ruhe finden, um über Ihre mir präsentierten Problemlösungen zu sprechen. Ich werde den einen oder anderen »blinkenden Köder« auswerfen müssen, um Herrn Dr. Graustein noch eingehender für digitalWorld zu interessieren.

Es scheint mittlerweile sicher zu sein, dass der Vorstand Graustein auch zum Vorstandsvorsitzenden des deutschen Unternehmens befördert wird. Diese durchsickernden Gerüchte haben innerhalb des Unternehmens eingeschlagen wie eine Bombe, schildert der Top-Manager beeindruckt.

Das ist wirklich interessant, bemerkt die Anwältin und wirft ihrer Mandantin einen freudig überraschten Blick zu. *Wir möchten Sie bei Ihrer Überzeugungsarbeit gerne unterstützen, damit Sie Erfolg haben. Frau Stern und ich haben überlegt, Ihnen im Hinblick auf den Verkaufspreis entgegenzukommen.*

In der Tat hatten Anna und die Professorin einige Tage zuvor über eine Reduktion des Verkaufspreises gesprochen, um den Verkaufsprozess zu beschleunigen.

Der jetzige Preis ist viel zu hoch! Ich weiss mittlerweile sicher, dass ich für einen derart hohen Verkaufspreis kein grünes Licht erhalten werde. Wenn Herr Dr. Graustein zum Vorstandsvorsitzenden befördert wird, dann steigen unsere Chancen erheblich, digitalWorld durchzuboxen. Herr Dr. Graustein wird es mit Sicherheit schaffen, eine höhere Summe für die dringend erforderlichen Reformen des deutschen Unternehmens locker zu machen.

Anna mischt sich in das Gespräch ein:

Ich habe gehört, dass Herr Dr. Graustein einen guten Draht zur Vertreterschaft hat. Er scheint sich stark für die Anliegen der zunehmend verunsicherten Vermittler, die sich große Sorgen um ihre Zukunft machen, zu engagieren.

Durch das Gespräch mit Rainer zutiefst beunruhigt, hatte Anna einige Tage zuvor einen ehemaligen Kollegen von Graustein, der mehrere Jahre lang eng mit dem Vorstand zusammengearbeitet hatte, kontaktiert. Dass dieser ehemalige Kollege den zukünftigen Vorstandsvorsitzenden als sehr zynisch, skrupellos und berechnend beschrieben hatte, verschweigt Anna. Sie weiss, dass Graustein in der Branche als ein Reformer gilt, wenn auch als ein glückloser Reformer. Graustein hat keine kreativen Konzepte für einen erfolgreichen Strukturwandel. Allerdings hat der kumpelhaft und hemdsärmelig auftretende Graustein die Vertreterschaft auf seiner Seite. Die Vertreter stören sich nicht an seinem derben und groben Auftreten, sondern stufen Graustein mit seiner großen Klappe als einen Mann ein, der ihre Sprache spricht.

Ich habe noch eine Bitte, sagt Zwinger, als sie allmählich zum Ende des Telefonats kommen. *Wie Sie wissen, ist Herr Dr. Graustein überraschenderweise von sich aus auf mich zugekommen und hat großes Interesse an digitalWorld bekundet, aber er und sein Kollege Ullrich Hohn wünschen vorab noch weitere Informationen, bevor sie sich Ihre PowerPoint-Präsentation ansehen.*

Es ist Ihnen sicherlich bekannt, dass unser Top-Management ununterbrochen von Heilsbringern aus aller Welt bestürmt wird, fährt Zwinger herablassend fort. *Bedauerlicherweise verfügen wir nur über ein sehr knappes Zeitbudget. Aus diesem Grund muss ich Sie bitten, uns vor Ihrer nächsten PowerPoint-Präsentation eine konzentrierte Ausarbeitung der von Ihnen entwickelten Problemlösungen – sprich ein schriftliches Exposé zu digitalWorld – zukommen zu lassen.*

Anna bemerkt einen ungewohnt unsicheren und bittenden Ton in Zwingers Stimme.

Es sieht so aus, als würde auch ich demnächst zum Vorstand befördert werden. Als ein für die Digitalisierung zuständiger Experte könnte ich mich zusammen mit Herrn Dr. Graustein deutlich besser für digitalWorld einsetzen, wenn ich noch mehr Informationen zur Verfügung hätte, erläutert Zwinger, der sich stimmlich wieder gefasst hat. *Ihre Präsentation ist bedauerlicherweise zu oberflächlich und hat zu wenig Tiefgang. Wie Sie sich vorstellen können, benötigt der Vorstand klare Informationen und harte Fakten, um grünes Licht für den Kaufpreis geben zu können.*

Anna spürt plötzlich, dass sie friert. Obgleich sie warm angezogen ist, fängt sie an, vor Kälte zu zittern. Wie bei dem Gespräch mit Rainer direkt nach der Präsentation fürchtet sie, zu kollabieren. Aus der Ferne und wie durch einen dichten Nebel hört sie die Stimme ihrer Anwältin.

Herr Dr. Zwinger, die Ihnen von meiner Mandantin vorgeführte Präsentation hatte nicht den Sinn, Ihnen digitalWorld in aller Ausführlichkeit auf dem Silbertablett zu präsentieren. Sie haben schließlich nicht einmal die Verschwiegenheitsvereinbarung unterschrieben. Wie stellen Sie sich das jetzt eigentlich vor?, hakt die Anwältin nach.

Ich kriege die Verschwiegenheitsvereinbarung intern einfach nicht durch, antwortet Zwinger entschieden.

Aber wie Ihnen sicherlich bekannt ist, stehe ich hundertprozentig auf Ihrer Seite. Ich habe Frau Stern höchstpersönlich mein Ehrenwort gegeben, dass wir die Inhalte von digitalWorld nicht für eigene Zwecke verwenden werden, ergänzt Zwinger zunehmend erbost und wütend.

Außerdem habe ich mich voller Überzeugung für digitalWorld eingesetzt!, fährt der Top-Manager aufgebracht fort. *Aber auch ich stoße an Grenzen, die ich nicht einfach spielend überwinden kann. Bis wann können Sie mir das Exposé zusenden? Ich werde einige Wochen nach meiner Rückkehr aus der Türkei nach Norwegen in den Urlaub fliegen. Wenn es rechtzeitig vorher eintrifft, werde ich das Exposé in meinen Urlaub mitnehmen, denn ich werde in Norwegen ausreichend Zeit haben, mich genauer mit digitalWorld zu beschäftigen. Wie Ihnen hoffentlich klar ist, werde ich in Zukunft als Vorstand für die IT unseres Konzerns mit 100 Millionen Kunden weltweit zuständig sein!*

Die Anwältin wirft einen irritierten Blick über ihren Schreibtisch hinweg auf die zitternde Anna. Von der Professorin unbemerkt trägt Anna innerlich einen schweren Kampf gegen den eisernen Klammergriff einer zunehmenden körperlichen Ohnmacht aus. Sie hält sich mit beiden Händen am Schreibtisch ihrer Anwältin fest.

Obgleich sie sich sehr geschwächt und hilflos fühlt, spürt Anna, dass ihre Anwältin von Zwingers anstehendem Karrieresprung tief beeindruckt ist. Die Professorin ist zu der Überzeugung gelangt, dass der zukünftige IT-Vorstand sich leidenschaftlich dafür einsetzt, hausintern Verbündete und Mitstreiter für den Kauf von *digitalWorld* zu finden.

Nun gut, Herr Dr. Zwinger, erwidert die Professorin ruhig. *Wir haben verstanden. Ich werde mich in Ruhe mit meiner Mandantin besprechen und Sie hören dann wieder von uns. Ihnen eine gute Zeit in Istanbul sowie viel Erfolg bei Ihren Gesprächen.*

Drücken Sie mir die Daumen, dass es mir gelingen wird, den Kollegen Graustein zu begeistern. Ich werde alles tun, was in meiner Macht steht, um Herrn Dr. Graustein auf unsere Seite zu ziehen.

Nachdem die Anwältin Zwinger noch einen guten Flug gewünscht hat, beendet sie das Telefonat.

Die Hürde des Exposés werden wir auch noch meistern!, jubelt die Professorin laut. *Jetzt sind wir schon so weit gekommen, das kriegen wir auch noch hin!*

Das Exposé

Sie müssen sich das so vorstellen, dass die Vorstände untereinander agieren wie in einer Fussballmannschaft, sagt Dr. Wüst am Telefon zu Anna.

Stellen Sie sich eine eingespielte Mannschaft vor, deren Mitglieder sich gegenseitig den Ball so zuspielen, dass keiner der Spieler – für den Fall, dass eine krumme Geschichte auffliegt, – dingfest gemacht werden kann. Der Ball wird ständig von einem Spieler zum nächsten geschossen und keiner der – übrigens sehr routinierten – Spieler hat ständigen Ballbesitz!

Und wenn man einen Spieler schnappen will, dann kann dieser Spieler antworten, dass er den Ball nicht hat, kommentiert Anna verdrossen.

Wie die Spieler einer Fussballmannschaft kennen sich die Top-Manager untereinander alle sehr gut, denn sie müssen sich bei aller großen Rivalität auch gleichzeitig vollkommen aufeinander verlassen können, erläutert Wüst.

Die meisten Manager kennen sich schon seit vielen Jahren von ihrer früheren Tätigkeit bei einer Unternehmensberatung und duzen sich gegenseitig. Das tiefe Praxiswissen, über das Sie verfügen, Anna, ist ihnen im Regelfall fremd, denn die zukünftigen Top-Manager kommen üblicherweise direkt von der Universität zu den großen Unternehmensberatungen, von denen sie mit hohen Anfangsgehältern, die im Laufe der Jahre schnell ansteigen, geködert werden. Bei der obersten Riege eines Konzerns handelt es sich um eine eigene, in sich geschlossene, kleine Welt, in die man nur sehr schwer reinkommt. Dies gilt insbesondere für Frauen!

Um in diese Welt reinzukommen, waren bis dato nicht allein die Kompetenz des Einzelnen ausschlaggebend, sondern auch der sogenannte Stallgeruch, ergänzt Wüst abschließend. *Entscheidend für die Aufnahme in die »Mannschaft« ist die Bejahung der wichtigen Frage »Bist Du einer von uns? Kennst und befolgst Du unsere Spielregeln?«*

Einige Tage vor diesem Telefonat hatte sich Anna an einen langen Bericht über den Wissenschaftler in einer großen Tageszeitung erinnert. Bei ihren Recherchen im Internet hatte sie seine Handynummer ausfindig gemacht und Wüst angerufen.

Nachdem Anna ihm bei erläutert hatte, wer sie ist und was der Grund ihres Anrufs ist, war Wüst relativ schnell aufgetaut und hatte ihr seine Geschichte erzählt.

Der Wissenschaftler hatte vor einigen Jahren eine umfangreiche, aus mehreren Bänden bestehende Doktorarbeit über die Gewinnung von Ökostrom geschrieben und dafür die Bestnote erhalten. In seiner Euphorie hatte Wüst nach erfolgreich bestandener Doktorprüfung alle Bände seiner wissenschaftlichen Arbeit als kleines Päckchen – und mit einem freundlichen Begleitschreiben versehen – an den Vorstand eines der größten Rückversicherers mit Sitz in Deutschland geschickt.

Aufgrund dieser ungewöhnlichen Vorgehensweise hatte Wüst die Vorstände des Rückversicherers kennengelernt und sich eingehend mit dieser abgekapselten Welt sowie deren Regeln vertraut gemacht. Ohnmächtig hatte Wüst mit ansehen müssen, wie die Top-Manager seine wissenschaftliche Arbeit an sich gerissen und ihn ausgetrickst hatten, ohne dass Wüst auch nur einen einzigen Cent für seine wertvolle Arbeit erhalten hatte.

Aber warum haben Sie dem Vorstand Ihre vollständige Promotion zugesandt?, fragte Anna fassungslos.

Ich bin wirklich nicht davon ausgegangen, dass die Vorstände eines derart mächtigen und bekannten Unternehmens meine Arbeit stehlen, erwidert Wüst niedergeschlagen.

Ich dachte, der Vorstand beschäftigt sich in Ruhe mit meiner Promotion und meldet sich anschließend bei mir, damit wir gemeinsam eine erfolgreiche Umsetzung meiner wissenschaftlichen Arbeit besprechen können. Das ist leider nicht geschehen, aber dafür habe ich diese Welt der Top-Manager genau kennengelernt. Der Vorstand hat sich nach Erhalt meiner Doktorarbeit relativ schnell mit mir in Verbindung gesetzt, um noch mehr Wissen aus mir rauszuholen.

Ich könnte jetzt eine weitere Promotion über diese abgeschottete Welt schreiben, fügt Wüst bitter hinzu. *Hochbegabten Menschen, die sich oftmals überwiegend auf die einzigartige Qualität ihrer Arbeit konzentrieren, würde meine Promotion helfen, ihr geistiges Eigentum nicht nur zu schützen, sondern auch gewinnbringend zu verkaufen.*

Nach dem bedrückenden Telefonat mit Wüst fährt Anna zu Rainer ins Studio, damit sie gemeinsam das Exposé zu *digitalWorld*, das Anna in den zwei vorausgehenden Wochen niedergeschrieben und mehrfach überarbeitet hatte, layouten und mit den passenden Icons versehen können. Die Anwältin hatte das Exposé direkt nach der Fertigstellung bereits gegengelesen und grünes Licht für die Versendung gegeben. Anna berichtet dem Grafiker von ihrem Telefonat mit Zwinger vor seinem Abflug nach Istanbul sowie von ihrem Gespräch mit Wüst.

Das kann Dir auch passieren, meint der Grafiker ungerührt.

Ich habe mir die Endfassung des Exposés durchgelesen, die Du mir gestern zugemailt hast. Das Exposé ist sehr konzentriert geschrieben. Es ist eine absolut verständliche Zusammenfassung der ausführlichen Niederschrift Deines Reformkonzepts. Hinzu kommt, dass das Exposé die Abbildung zahlreicher wichtiger Icons enthalten wird.

Wir können nur hoffen, dass Zwinger und Graustein wirklich auf Deiner Seite stehen, erläutert Rainer. *Wenn Du Zwinger Dein*

Exposé gibst, dann haben er und Graustein alle entscheidenden Informationen, die sie benötigen, um digitalWorld erfolgreich ohne Dich umzusetzen. Aber offensichtlich ist Frau Professor von Schliff überzeugt davon, dass es richtig ist, Zwinger das Exposé zuzuleiten.

Zwinger hat ihr erläutert, dass er hundertprozentig auf meiner Seite steht und sich bei dem Vorstand für digitalWorld einsetzen wird.

Nach einigen Stunden konzentrierter Arbeit haben Anna und Rainer das abgestimmte Layout fertig und mailen das Exposé der Anwältin zu. Nach einer kurzen Überprüfung sendet die Professorin das Exposé mit einer bereits am Tag zuvor mit Anna abgesprochenen Begleitmail an Zwinger und seine Sekretärin, nicht ohne dabei Anna auf Cc zu setzen.

Wie mit Rainer vereinbart, fragt Anna am nächsten Tag noch per Mail bei Zwingers Sekretärin an, ob die Schriftgröße ausreichend groß und das Exposé für Zwinger gut leserlich sei. Postwendend kommt die schriftliche Antwort der Sekretärin: Zwinger habe sich bei Erhalt des Exposés über die zu kleine Schrift beschwert und um eine größere Schrift gebeten.

Wie konnte ich nur der naiven Meinung sein, dass es um die wertvollen Inhalte geht, ruft Rainer spöttisch aus, als Anna ihn in seinem Studio aufsucht. *Dann nehmen wir eben eine ein bis zwei Punkt größere Schrift, damit sich Seine Majestät die kostbaren Inhalte möglichst leicht und ohne Anstrengung einverleiben kann.*

Aber eines rate ich Dir, faucht der Grafiker Anna an. *Heb' die Antwortmail von Zwingers Sekretärin gut auf! Für den Fall, dass er ein krummes Ding dreht, hast Du einen schriftlichen Beweis dafür, dass Zwinger das Exposé höchstpersönlich von sich aus angefordert hat. Schlau wie er ist, hat Zwinger alles Wichtige immer nur telefonisch besprochen und so gut wie keine schriftlichen Spuren hinterlassen. Aufgrund dessen kann Zwinger im Notfall immer behaupten, Du hättest ihm das Exposé unaufgefordert und gegen seinen dezidierten Willen zugeschickt.*

Ich habe das Exposé niemals haben wollen, so der Grafiker und imitiert die hohe und gequetscht klingende Stimme Zwingers. *Aber Frau Stern ist einfach eine penetrante und aufdringliche Person, die einem ununterbrochen Unerwünschtes aufdrängt ...*

Ich habe alle schriftlichen Terminvereinbarungen mit Zwinger – das gilt auch für die Telefontermine – in einem elektronischen Ordner gesammelt. Die gesamte weitere Korrespondenz mit Zwinger, seinen Sekretärinnen, Frau Professor von Schliff, Wach sowie mit Gerhard und Dir habe ich ebenfalls in den jeweiligen elektronischen Ordnern untergebracht. Alles hervorragend dokumentiert. Das kann jederzeit ausgedruckt und vorgelegt werden!, antwortet Anna lachend.

Jetzt gehöre ich auch noch zum Kreis der Verdächtigen. Na vielen Dank! Das hat man davon, wenn man nett zu seinen Mitmenschen ist und ihnen erfolgreich weiterhilft. Das hätte ich mir doch gleich denken können!, schimpft der Grafiker mit zufriedener Miene.

Die Absage

Einige Tage vor seinem Abflug nach Norwegen telefonieren Zwinger und Anna nochmals miteinander. Zwinger bedankt sich bei Anna für die die Zusendung des Exposés zu *digitalWorld*, das nun mittlerweile gut lesbar sei. Die zuvor verwandte Schriftgröße sei eine Zumutung gewesen, aber dieses Problem sei glücklicherweise erfolgreich beseitigt worden, so dass er sich nun im Urlaub in aller Ruhe mit dem Exposé beschäftigen könne.

Leider kann die zweite Präsentation aufgrund des stark begrenzten Zeitbudgets meiner dazu eingeladenen Vorstandskollegen nun leider doch nicht stattfinden, aber ich habe eine sehr gute Nachricht für Sie, Frau Stern! Herr Dr. Graustein ist mittlerweile auch der Vorstandsvorsitzende unseres deutschen Versicherungsunternehmens mit 25 Millionen Kunden und ich bin als frisch berufener Vorstand für die IT von knapp 100 Millionen Kunden weltweit zuständig, wiederholt Zwinger selbstgefällig seine Aussage vor dem Abflug nach Istanbul.

Erstens: Täuschung Zweitens: Irrtum Drittens: Vermögensverfügung. Viertens: Schaden. Die Tatsachen müssen überprüfbar oder beweisbar sein und durch die Täuschungshandlung muss ein Irrtum erregt oder unterhalten werden. Wieder hat Anna das Gefühl, ein schwerer Gesteinsbrocken senke sich auf ihre Brust und schnüre ihr so stark die Luft ab, dass sie nach Atem ringt und Angst hat, zusammenzubrechen.

Ich selbst bin mir nicht sicher, was die Wahrheit ist, aber mein Körper reagiert sofort. Er scheint mehr zu wissen als ich, denkt sie verzweifelt. *Mein Körper drückt sich unmissverständlich in der Sprache aus, die ihm zur Verfügung steht.*

Ich melde mich nach meinem Urlaub in Norwegen bei Ihnen, Frau Stern, fährt Zwinger kühl fort. *Meine Kollegen und ich werden nach meiner Rückkehr gemeinsam entscheiden, ob wir digitalWorld kaufen. Lassen Sie uns im August wieder telefonieren, dann kann ich Ihnen sagen, wie es weitergeht.*

Herr Dr. Zwinger will Sie sprechen, sagt die energische Frau Wehr am Telefon. *Ich stelle Sie gleich durch.*

Mittlerweile ist es Sommer geworden und die Bewohner der Stadt schwitzen – trotz des angeblich frei erfundenen Klimawandels – unter einer brütenden Hitze. Seit Zwingers Rückkehr aus Norwegen sind zwei Monate vergangen.

Eine Minute später meldet sich Zwinger. Diesmal kommt der Vorstand gleich zur Sache:

Ich hatte Ihnen vor meinem Urlaub mitgeteilt, dass ich mich bei Ihnen melde, Frau Stern. Um es kurz zu machen: Ich habe die Kollegen bei unserem Meeting bestürmt, sich für den Kauf von digitalWorld zu entscheiden, aber die Kollegen haben mich abblitzen lassen. Ich habe den Kollegen e i n d r i n g l i c h gesagt, dass sie einen großen Fehler machen, wenn sie sich gegen den Kauf von digitalWorld und die Zusammenarbeit mit Ihnen entscheiden. Ich schlage vor, Sie versuchen es zunächst einmal woanders. Wenn Sie bei einem unserer Mitbewerber ein entsprechendes Projekt erfolgreich abgewickelt haben, dann wird Sie unser Unternehmen gerne wieder mit offenen Armen empfangen!

Erschöpft und niedergeschlagen lässt sich Anna auf ihren Schreibtischstuhl sinken. Doch dann zwingt sie sich zu einer Antwort:

Herr Dr. Zwinger, wir haben versucht, mit Ihren Mitbewerbern zu sprechen, aber der Branche ist noch nicht klar, dass sie die Digitalisierung dringend in Angriff nehmen muss. Die Versicherer scheinen zu glauben, es geht alles so weiter wie bisher. Die Top-Manager sowie die Mitarbeiter in den Unternehmen fürchten sich vor der Digitalisierung.

Ich weiss, ich weiss, aber ich komme hier intern in Ihrer Sache nicht weiter. Ich werde natürlich weiterhin versuchen, mich für digitalWorld einzusetzen, aber momentan ist es vollkommen aussichtslos. Ich schlage vor, wir bleiben in Kontakt und sprechen ab und zu miteinander.

Sobald sich hier etwas tut, melde ich mich bei Ihnen. Versprochen!, setzt Zwinger eifrig hinzu.

Ich habe eine bessere Idee!, sagt Anna entschlossen. *Ich bin gerade dabei »Pregnancy and More« zu entwickeln. Mein Konzept richtet sich an schwangere Frauen bzw. Mütter und sorgt dafür, dass die Frauen von zuhause aus deutlich unkomplizierter als bisher mit dem Versicherer in Kontakt treten und eine passende Krankenversicherung für ihre Kinder abschließen können.*

Das ist ja toll! Ein Projekt für schwangere Frauen, die sich mit ihrem dicken Bauch nur sehr schwerfällig bewegen können und deswegen froh sind, wenn sie alles, was mit der Versorgung ihrer Kinder zu tun hat, vom Bildschirm aus erledigen können.

So kann man es auch formulieren, erwidert Anna, die sich zusammenreißen muss, um nicht laut loszuprusten. *Ich schlage vor, ich arbeite einen ersten kurzen Überblick – im Umfang von ein bis zwei Seiten – aus und maile Ihnen diesen zu, damit Sie sich überlegen können ob Sie »Pregnancy and More« haben wollen.*

Einverstanden, sagt Zwinger. *Und wegen digitalWorld bleiben wir in Kontakt. Sobald sich hier etwas tut, melde ich mich bei Ihnen.*

Wie lange wollen Sie denn noch kostenlos arbeiten, Frau Stern?, fragt die Therapeutin, nachdem Anna ihr von dem Telefonat mit Zwinger berichtet hat.

Ich glaube nicht, Frau Schwertfeger, dass ich kostenlos arbeiten will, aber es ist wichtig, den Kontakt zu Zwinger weiterhin zu hal-

ten. *Einmal angenommen, Zwinger und Graustein haben digital-World geraubt: wie soll ich das denn nachweisen? Ohne handfeste Beweise werde ich nicht zu meinem Recht kommen.*

Diese kriminellen Manager halten sich für sehr schlau und gerissen, aber sie machen auch gravierende Fehler, fügt Anna hinzu. *Meiner Erfahrung nach muss ich nur ein wenig abwarten, bis die Sache ans Licht kommt.*

Warum schreiben Sie nicht Artikel für eine Modezeitschrift?, fragt die Therapeutin unversehens. *Dann würden Sie endlich etwas Geld verdienen!*

Um vier Stunden Therapie wöchentlich zu bezahlen, ergänzt Anna in Gedanken aufgebracht. Anna hatte zu Beginn der Therapie Frau Schwertfeger mitgeteilt, sie benötige nicht mehr als zwei Stunden wöchentlich: und zwar im Sitzen und nicht im Liegen.

Die Therapeutin hatte ihre Bitte jedoch kategorisch abgeschmettert:

Ich arbeite nur so, Frau Stern! Finden Sie sich damit ab! Bei mir müssen sie vier Stunden in der Woche auf der Coach liegen!

Nicht einmal gegen Frau Schwertfeger kann ich mich durchsetzen, denkt Anna plötzlich aufgebracht und verzweifelt.

Wenn ich es nicht einmal schaffe, meinen Willen bei Frau Schwertfeger durchzusetzen, dann werde ich nie zu meinem Recht kommen! Und dann hat mich diese blöde Kuh auch noch vor einigen Tagen angeraunzt, wann ich endlich aufhören werde, ihr zu widersprechen anstatt zu gehorchen.

Die Meetings

In den folgenden Monaten gelingt es Anna, mithilfe der Überarbeitung eines Kapitels aus *digitalWorld*, das sich mit der automatischen Entstehung des Protokolls beschäftigt, sowie mithilfe von *Pregnancy and More* weiterhin Kontakt zu Zwinger zu halten, obgleich sie sich immer noch sehr ohnmächtig und zutiefst verletzt fühlt.

Am 10. Februar 2011 erhält Anna um 8.00 Uhr in der Früh einen Anruf von Zwinger:

Ich hoffe, ich rufe Sie nicht zu früh an, Frau Stern, aber ich bin bereits unterwegs – mein Chauffeur holt mich immer kurz vor acht Uhr von zuhause ab –, und ich wollte mich wegen »Pregnancy and More« bei Ihnen melden.

Ich wollte Sie fragen, ob Sie nicht Lust hätten, ein erstes Grobkonzept zu »Pregnancy and More« zu entwickeln, schlägt Zwinger gut gelaunt vor. *Falls Sie einverstanden sind, meldet sich mein zweiter Assistent Gottfried Vischer diesbezüglich in den kommenden Tagen bei Ihnen. Für das Grobkonzept von »Pregnancy and More« bezahlen wir Ihnen 12.500 Euro plus Mehrwertsteuer.*

Obwohl sie zielstrebig darauf hingearbeitet hat, fühlt sich Anna von Zwingers Anruf überrumpelt. Ihr ist klar, dass Zwinger mit seinem Angebot – und der Bezifferung des Kaufpreises – nicht nur versucht, Spuren zu verwischen und sie auf das Gleis der kleinen, unbedeutenden Aufträge abzuschieben, sondern der Vorstand und seine Mittäter wollen sie auch demütigen und erniedrigen. Der von Zwinger genannte Kaufpreis ist eine hämische Anspielung auf den 12,5 Millionen Euro – Kaufpreis für *digitalWorld*. Der Vorstand baut für den Fall vor, dass der Raub von *digitalWorld* auffliegt. Anna überlegt, wie Zwinger und seine Mittäter bei dem weiteren Versuch, den Diebstahl zu vertuschen, vorgehen werden.

Zu den Verhandlungen mit Anna schickt Zwinger seine beiden Assistenten ins Rennen. Fisch und Vischer versuchen mit aller Härte eine von der Rechtsabteilung des Konzerns ausgearbeitete schriftliche Vereinbarung – im Sinne eines *Wir wollen mit dem Grobkonzept Pregnancy and More machen können, was wir wollen,* – gegen Annas Willen durchzusetzen. Als Anna aufgebracht ein Protokoll dieser erniedrigenden und qualvollen Verhandlungen erstellt und per Mail an alle Beteiligten schickt, werden die Verhandlungen schlagartig abgebrochen.

Anna ist mittlerweile klar, dass die Täter aus dem Raub von *digitalWorld* »dazugelernt« und begriffen haben, dass der Diebstahl geistigen Eigentums hohe Risiken für die Vorstände in sich birgt. Aus diesem Grund wollten sich die Täter diesmal über die vorgelegte schriftliche Vereinbarung absichern.

Am 30. März 2011 findet ein großes Meeting mit Fisch und Vischer, Frau Professor von Schliff, Anna sowie Herrn Dr. Kürzer, einem Juristen aus der Rechtsabteilung des Konzerns, statt.

Am Tag vor dem Meeting kollabiert Anna beim Joggen, da sie in den Wochen zuvor alle Warnsignale einer tiefen Erschöpfung beharrlich beiseite geschoben und ignoriert hatte. Während des Laufens spürt sie jedoch, dass die große Erschöpfung sowie der starke Druck, unter dem sie steht, ihr den Atem raubt. Plötzlich knickt sie ein und bricht zusammen. Einige Sekunden später wacht Anna, der Länge nach auf dem Boden liegend, wieder auf.

Mein Körper hat die Notbremse gezogen, ist der erste Gedanke, der ihr durch den Kopf schießt.

Glücklicherweise sind so früh am Tag nur wenige Menschen auf dem Weg am Fluß entlang unterwegs, so dass Anna sich behutsam wieder aufrappeln und langsam Schritt für Schritt den Pfad am Wasser entlang zurück gehen kann. Zu ihrem großen Erstaunen ist der schwere Druck auf ihrer Brust schlagartig verschwunden. Obwohl sie sich stark geschwächt und erschöpft fühlt, gelingt es ihr, den gesamten Rückweg ohne fremde Hilfe zu bewältigen.

Am nächsten Tag schafft es Anna, zusammen mit der Professorin, um 16.00 Uhr zu dem von Zwinger anberaumten Meeting zu gehen. Im Konferenzraum setzt sich der Konzernjurist Kürzer, der einen grauen, altmodischen Anzug aus schwerem, muffigen Stoff trägt, direkt neben Anna. Wie Zwinger bei der Präsentation ein Jahr zuvor, versucht Kürzer ununterbrochen, Annas Blick einzufangen.

Körperlich angeschlagen sowie extrem genervt und verunsichert durch Kürzers penetrantes Verhalten, spürt Anna, wie sie immer aggressiver wird. Obwohl für das Meeting anderthalb Stunden angesetzt worden waren, zerstreiten sich die Beteiligten innerhalb kürzester Zeit so unversöhnlich, dass das Meeting nach zwanzig Minuten von Anna und ihrer Anwältin abgebrochen wird.

Anna beginnt zu ahnen, dass die schwere seelische Verletzung – ausgelöst durch den Raub von *digitalWorld* durch Zwinger und Graustein – von ihr nicht mehr überspielt werden kann. Gegen einen großen inneren Widerstand den Kontakt zu halten, übersteigt ihre Kraft.

Hinzu kommt der Vorschlag, den Kürzer Anna in dem Meeting kurz vor dem Abbruch unterbreitet hatte:

Obwohl Sie das Grobkonzept »Pregnancy and More« noch nicht abgeliefert haben, Frau Stern, möchten wir Ihnen gerne bereits jetzt den vereinbarten Kaufpreis überweisen. Allerdings werden wir diese Überweisung in Höhe von 12.500 Euro plus Mehrwertsteuer ohne die Angabe eines Grundes tätigen.

Ich habe »Pregnancy and More« mittlerweile fertig entwickelt und werde Ihnen das Grobkonzept in den nächsten Tagen zusammen mit der Rechnung über den vereinbarten Kaufpreis zusen-

den. Eine Überweisung Ihrerseits ohne die Angabe eines Grundes kommt für mich nicht in Frage, erwidert Anna heftig.

Unser Vorschlag stellt ein großes Entgegenkommen dar. Wir überweisen Ihnen den Kaufpreis, obwohl Sie das Grobkonzept noch nicht abgeliefert haben, erwidert Kürzer scheinheilig.

Da Anna weiss, dass der Versicherer durch eine Überweisung ohne Angabe eines Grundes die Möglichkeit erhält, *digitalWorld* als gekauft und bezahlt auszugeben, insistiert sie in den folgenden Wochen beharrlich darauf, dass bei der Überweisung des Geldes auf das Konto ihrer Firma der Grund angeben wird. Sollte der Raub von *digitalWorld* eines Tages ans Licht kommen und das Unternehmen sich demzufolge zu einer Rechtfertigung gezwungen sehen, kann Anna nachweisen, dass *digitalWorld* niemals bezahlt worden ist.

Am 23. Mai 2011 findet ein weiteres Meeting mit Zwinger und seinem jungen Assistenten Gottfried Vischer statt. Der kleine, zart gebaute Vischer mit den rotblonden Locken hat kurz nach Abschluss seines Theologiestudiums im Januar 2010 angefangen, bei dem Versicherer zu arbeiten. Anna, die Vischer bei dem Meeting zu dritt gegenübersitzt, fällt auf, dass der Assistent von Zwinger hellauf begeistert ist und bei jedem schwachen Witz, den der Vorstand von sich gibt, in Lachen ausbricht.

Während Zwinger voller Begeisterung von der neuesten Technik berichtet, die seine beiden Söhne bereits im Schulalltag nutzen, fällt Anna auf, dass Vischer die Rolle des Fragestellers übernommen hat. Der Assistent hat sich Zwingers Fragen auf einen Block notiert und arbeitet die Liste Punkt für Punkt ab.

Die Fragen beschäftigen sich in erster Linie mit Grundsatzfragen sowie mit der Privaten Krankenversicherung. Der Versicherer hat keine Lösung für das Problem der Überalterung und den damit einhergehenden hohen Kosten, aber – übermittelt Vischer im Brustton der Überzeugung die Meinung des IT-Vorstands –

Wir gehen davon aus, dass das bestehende System der Privaten Krankenversicherung noch zehn Jahre halten wird.

Als Vischer von sich aus meint, man könne die Probleme der Privaten Krankenversicherung doch auch mit Twitter lösen, reagiert Anna ablehnend.

Aufgrund weiterer Anmerkungen von Zwinger und Vischer verweist Anna mehrfach darauf, dass die Kunden und Patienten »draußen im Lande« einen schnellen Zugriff auf ihre wichtigen Unterlagen sowie einen guten und hilfreichen Kontakt zum Versicherer benötigen. Schließlich – so Anna – handele der Versicherer nicht mit Autos, sondern habe es mit Menschen zu tun. Zu ihrer großen Überraschung muss Anna die Feststellung, dass es sich bei den Kunden und Patienten nicht um Autos, sondern um Menschen handelt, während des Meetings mehrfach wiederholen.

Warum gehen Sie davon aus, eine funktionierende Lösung für die großen Probleme des Unternehmens zu haben? Unserer Meinung nach werden die entwickelten Lösungen einer Einzelperson konzernintern viele Fragen aufwerfen, sagt Vischer, der bei dem nächsten Punkt auf seiner Liste angelangt ist.

Und wieso soll hier ausgerechnet die IT den Anfang setzen? Unsere IT sieht sich lediglich in der Position der Exekutiven: sprich als ein rein ausführendes Organ, fragt er weiter.

Es ist an der Zeit, dass die IT die Position der reinen Exekutive verlässt und mit- sowie vorausdenkt, um erfolgreiche Problemlösungen zu erarbeiten, die mittels der IT umgesetzt werden können.

Zwinger runzelt die Stirn und Vischer macht es ihm nach.

Anna erinnert sich an Rainers Bemerkung, dass Zwinger nach außen hin auf seiner rein exekutiven Funktion beharren wird, um den Eindruck zu erwecken, dass die IT lediglich das ausführt, was »von anderen an sie herangetragen« wird.

Im Laufe des Meetings kommt Zwinger mehrfach auf den von Anna angesprochenen Beratervertrag zu sprechen. Der Vorstand hat eine hysterische Angst davor, ihm könnte dasselbe widerfahren wie einem berühmten französischen Politiker, der von einem

Zimmermädchen in New York beschuldigt worden war, sie in seinem Hotelzimmer vergewaltigt zu haben.

Haben Sie den Vorfall in den Medien verfolgt, Frau Stern? So etwas kann mir auch passieren. Prominente und wichtige Persönlichkeiten wie ich sind besonders gefährdet. Was glauben Sie eigentlich, wie viele Feinde und Gegner ich – als der für die Digitalisierung in unserem Unternehmen zuständige Vorstand – habe. In meiner Position kann man garnicht vorsichtig genug sein.

Wenn Sie nichts Böses vorhaben, was soll Ihnen dann schon passieren?

Nein, Frau Stern. Sie sehen das zu einfach. In diesem Unternehmen lauern überall meine Feinde. Ich bin mir sicher, dieser bedauernswerte französische Politiker wurde von seinen Gegnern in eine Falle gelockt. Und denken Sie doch einmal an seine arme Familie.

Soweit ich das mitbekommen habe, will seine Frau sich von ihm scheiden lassen, da sie nicht mehr bereit ist, die Sex-Eskapaden ihres Mannes hinzunehmen.

Zwinger stößt einen tiefen Seufzer aus.

Dieser arme Mann! Erst wird er den Medien zum Fraß vorgeworfen und dann verlässt ihn auch noch seine Ehefrau.

Schließlich reißt Anna der Geduldsfaden:

Erstens bin ich kein Zimmermädchen, Herr Dr. Zwinger, und zweitens sind Frau Professor von Schliff und ich von dem Vorstandsvorsitzenden Ihres Konzerns höchstpersönlich eingeladen worden, digitalWorld zu präsentieren. Hinzu kommt, dass ich mit meiner Präsentation im Januar 2010, die Sie so begeistert hatte, sowie mit der von Ihnen gewünschten Ausarbeitung des Exposés zu digitalWorld und dem von Ihnen persönlich angeforderten Grobkonzept zu »Pregnancy and More« immer sehr gute Arbeit geleistet habe.

Anna bemerkt, dass sie von Zwinger in eine erniedrigende Defensive gedrängt wurde. Sie fühlt sich schwach und all ihrer Kompetenzen beraubt.

Zwinger gibt weiterhin den Misstrauischen, umstellt von hochgefährlichen Fallen. Im Brustton der Überzeugung verkündet der

IT – Vorstand, er werde mit Anna lediglich dann einen Beratervertrag abschließen, wenn dieser jederzeit kündbar sei.

Der Vorstand überzieht das Meeting um 20 Minuten. Als Anna, Zwinger und Vischer den Konferenzraum verlassen, stürzt sich ein vor der Tür wartender fülliger und schwitzender Mann auf Zwinger. Anna findet, dass der Mann mit der prall gefüllten Aktentasche wie ein altgedienter Versicherungsvertreter aussieht.

Herr Stecher ist ein langjähriger Mitarbeiter der bekannten und weltweit tätigen Unternehmensberatung, mit der wir schon seit Jahrzehnten erfolgreich zusammenarbeiten, stellt Zwinger den schmierig wirkenden Berater im dunkelblauen Anzug vor.

Eilig verwickelt Stecher den Vorstand sowie Anna und Vischer in ein Gespräch, welches sich bereits nach wenigen Minuten um die Vertreter eines weiteren, bekannten Versicherers dreht, der seinen erfolgreichsten Mitarbeitern eine »Lustreise« spendiert hatte. Auf dieser Reise war eine Party veranstaltet worden, bei der sich ausgewählte Versicherungsvertreter mit zahlreichen, vom Versicherer bezahlten Prostituierten in einem Wellnessbereich vergnügen konnten.

Die Prostituierten trugen Bändchen in verschiedenen Farben am Handgelenk. Die Damen mit den weißen Bändchen waren für die Vorstände und die umsatzstärksten Vertreter reserviert, wirft Anna in das Gespräch ein. Sie hatte diesen jüngsten Skandal in den Medien verfolgt.

Ich ertappe mich immer wieder dabei, dass ich kurz davor bin, Sie zu duzen, Frau Stern, sagt Zwinger gut gelaunt. *Was halten Sie davon?*

Das dritte Meeting am 8. Juli 2011 findet im Beisein von Zwinger, Anna, Frau von Schliff und dem Juristen Kürzer sowie Zwingers zweiten Assistenten, Fisch, statt.

Die Anwältin und Anna verteilen zu Beginn des Meetings Kopien. Es handelt sich dabei um die Ausfertigung eines Beratervertrags sowie eine Auflistung entscheidender Key Benefits von *digitalWorld* auf einer Seite.

Kurz vor dem Meeting hatte Gerhard sich auf Annas eindringliche Bitte hin den Beratervertrag durchgelesen und lediglich eine kurze Ergänzung vorgeschlagen. Ansonsten hatte der Fachanwalt den Vertrag als solide und ausreichend abgesegnet.

Bei dem Meeting liest sich Zwinger den Beratervertrag kurz durch und wendet sich anschließend mit einigen Fragen an Frau Professor von Schliff.

Ist das hier eingetragene Stundenhonorar nicht ein wenig überzogen?

Es entspricht dem Stundenhonorar, das Frau Stern für das Grobkonzept »Pregnancy and More« in Rechnung gestellt hatte. Diese Rechnung hat Ihr Unternehmen anerkannt und den Rechnungsbetrag auch korrekt – mit den richtigen Angaben zum Grund der Überweisung – auf das Konto der Firma meiner Mandantin überwiesen. In dieser Stadt ist es ein absolut übliches Honorar für die Art von Leistung, welche Frau Stern erbringt.

Obgleich die Diskussion in dem Meeting interessant und lebhaft ist, wird deutlich, dass der abwiegelnde Zwinger nicht bereit ist, den vorgelegten Beratervertrag zu akzeptieren.

Die Strafanzeige

Hallo Liebes, wie geht es Dir? Ich bin gerade in der Stadt und dachte, ich häng' mal mein Ohr in die Leitung, um zu hören, was Du so treibst ...

Anna hat viele Jahre nichts von ihrem Ex-Freund Mark aus Studienzeiten gehört. Sie hatten damals gemeinsam eine hübsche kleine Wohnung in der Innenstadt mit Sicht auf einen Park bewohnt. Als Anna Mark auf einer Studentenparty kennengelernt hatte, war sie fasziniert von seiner männlichen Ausstrahlung, seiner hohen Intelligenz, seinem umfangreichen Wissen und seiner sprachlichen Begabung gewesen. Allerdings hatte Anna im Laufe der Zeit festgestellt, dass Mark neben seiner genialen auch eine schillernde und dunkle Seite hatte. Dies hatte zu ihrer Trennung von Mark geführt.

Während Anna sich nach der Trennung zielstrebig darum gekümmert hatte, ihr Studium abzuschließen und einen Job als Lektorin bei einem Verlag zu bekommen, war Mark zusammen mit einem Freund, der eine große Vorliebe für schnelle Autos und blonde Frauen mit hoher Piepsstimme hatte, nach Ostdeutschland gezogen und hatte dort eine Steuerkanzlei eröffnet. Die beiden Inhaber der Kanzlei waren im Laufe der Jahre in einen nicht unerheblichen Konflikt mit dem Gesetz geraten, da sie Immobiliengeschäfte mithilfe von hohen Bankkrediten getätigt hatten, die sie aufgrund von gefälschten Unterlagen erhalten hatten. Eines Tages brach das Kartenhaus zusammen und Mark wanderte für ein halbes Jahr in Untersuchungshaft. Den weiteren Ermittlungen hatte er sich durch eine Einweisung in die Psychiatrie wegen schwerer Depressionen und Selbstmordgedanken entzogen. Die von Mark konsultierten Ärzte und Psychiater hatten fast ausnahmslos bestätigt, dass er unter schweren Depressionen litt.

Da Mark wie früher in alten Studentenzeiten insgesamt einen recht munteren, lebhaften und lebenslustigen Eindruck auf sie macht, hat Anna Zweifel an der Geschichte, die er seinen Ärzten auftischt. Momentan ist Mark in einer Tagesklinik untergebracht und muss sich abends dort spätestens um 20.00 Uhr zurückmelden. Dies hindert ihn jedoch nicht daran, Anna zu einem zeitlich vorverlegten Abendessen einzuladen.

Du bist verheiratet, wie ich sehe, bemerkt Anna, als sie sich mit Mark in einem unauffälligen Restaurant in der Innenstadt trifft. Mark – erinnert sich Anna belustigt – hatte früher grundsätzlich nur die besten und teuersten Restaurants der Stadt aufgesucht. Aufgrund seiner momentanen Situation sieht er sich zu seinem großen Leidwesen gezwungen, sich ein wenig einzuschränken, um nicht weiter aufzufallen und die strafverfolgenden Behörden zusätzlich gegen sich aufzubringen. Während Mark ihr von seinen Konflikten mit diesen strafverfolgenden Behörden berichtet – nicht ohne dabei wiederholt seine große Unschuld zu beteuern –, bemerkt Anna den Ring an seinem Finger.

Dieser Ring spielt doch keine Rolle, erwidert Mark betont gelassen und streift sich den Ehering vom Finger, um ihn anschließend geschickt in die Tasche seines Jackets gleiten zu lassen. Er nimmt Annas Hände.

Du bist immer noch so bezaubernd und süß wie früher, Anna.

Tatsächlich?, erwidert Anna und zieht ihre Hände zurück. *Wo steckt denn Deine Frau? Immerhin hast Du doch schwere Depressionen und Selbstmordgedanken. Eine liebevolle Ehefrau kümmert sich doch – meinem naiven Verständnis zufolge – in einem solchen Fall um ihren schwerkranken Mann. Das gilt insbesondere für ein so armes Unschuldslamm wie Dich.*

Ei, wer wird denn so streng sein, zieht Mark sie auf. *Meine Frau* und ich haben momentan kleine Auseinandersetzungen und Konflikte. Sie stört sich daran, dass mir die Staatsanwaltschaft auf den Fersen ist. Ich habe eine vermögende Frau aus bester Familie geheiratet und die Familie wünscht sich einen Ehemann mit einem untadeligen Ruf.

Ich schließe daraus, dass sich Deine Frau momentan nicht in der Stadt aufhält und Du demzufolge über viel Freizeit verfügst, wenn Du nicht gerade an den weiterbildenden Veranstaltungen in der Tagesklinik teilnimmst.

Korrekt, erwidert Mark. *Aber vergiss bitte nicht meine Eltern, die auch in dieser schönen Stadt wohnen und die ich immer wieder gerne besuche. Ansonsten werde ich mich für einen voraussichtlich überschaubaren Zeitraum in eine der hiesigen Spezialkliniken begeben, bis Gras über die Sache gewachsen ist. Meine Eltern sind natürlich geschockt darüber, dass die Staatsanwaltschaft Anklage erhoben hat. Aber Du kennst mich ja und Du kannst Dir somit vorstellen, dass ich die besten Anwälte beauftragt habe, um die Sache niederzuschlagen. Ich gehe davon aus, dass dieses lästige Problem bald bewältigt ist. Aber ich will Dich nicht weiter langweilen. Wie ist es Dir in den letzten Jahren ergangen?*

Anna berichtet Mark von *digitalWorld* und den Verhandlungen mit dem Versicherer.

Wenn ich das richtig verstehe, Anna, dann ging das insgesamt fast zwei Jahre lang verhandlungstechnisch hin und her und schließlich hat der Versicherer Dir doch abgesagt und Du hast so gut wie keine Kohle für Deinen hohen Arbeitseinsatz bekommen. Bist Du sicher, dass die Vorstände das Ding nicht geklaut haben?

Wir können im Moment nicht viel machen. Frau von Schliff meint, dass wir abwarten müssen, bis digitalWorld umgesetzt wurde und sie damit an die Öffentlichkeit gehen. Das kann Jahre dauern. Erst dann haben wir die Möglichkeit, Beweise vorzulegen. Vorher sieht's schlecht aus!

Ach Schätzchen, wie wäre es mit einer tollen Perücke und einem raffinierten Outfit, das Zwinger den Atem raubt, schlägt Mark grinsend vor. *Bewirb Dich als Zwingers Assistentin, um eigene Nachforschungen anzustellen. Dann hast Du bald Deine Beweise. Ich bin mir sicher, die haben sich Deine genialen Entwicklungen unter den Nagel gerissen.*

Kein Wunder, dass die Staatsanwaltschaft hinter Dir her ist, murrt Anna verdrossen. *Bei den hirnrissigen Plänen, die Du schmiedest!*

Eines Tages ruft Mark Anna aus der Klinik an:
Wir sollten uns unbedingt treffen. Es gibt gute Neuigkeiten. Ich habe heute einen Zeitungsartikel entdeckt, in dem einer der Vorstände des deutschen Unternehmens berichtet, dass der Versicherer gerade dabei ist, Deine Entwicklungen umzusetzen.

Eine Stunde später trifft Mark ein und legt Anna einen Artikel aus dem Wirtschaftsteil einer bekannten Tageszeitung auf den Schreibtisch.

Schau her, hier steht's. Dr. Kellerer, einer der Vorstände des deutschen Unternehmens, berichtet, dass der Versicherer gerade an einem sehr großen Projekt arbeitet. Die 25 Millionen deutschen Kunden sollen in der digitalen Welt einen schnellen und einfachen Zugang zu sämtlichen Unterlagen ihres Versicherungsschutzes erhalten. Außerdem soll den Versicherten in Zukunft auch eine digitale Patientenakte – mit ihren Röntgenbildern, Arztberichten usw. usf. – zur Verfügung gestellt werden, erläutert Mark.

Wenn ich Dich richtig verstanden habe, Anna, hast Du Zwinger damals bei der Präsentation gezeigt, wie sowohl die Kunden als auch deren Berater bzw. der Versicherer und der behandelnde Arzt in der digitalen Welt schnell Zugriff auf benötigte Unterlagen erhalten, wenn ihnen hierfür vorab von den Kunden die Erlaubnis eingeräumt worden ist.

Das war eine meiner zehn Entwicklungen, ruft Anna voller Freude aus. *Ich muss sofort Frau von Schliff anrufen.*

Während Mark ihr am Schreibtisch gegenüber sitzt, wählt Anna aufgeregt die Telefonnummer der Kanzlei und stellt den Lautsprecher an, damit Mark mithören kann. Wie Anna ist die Professorin außer sich vor Freude, dass nach dem quälenden Abwarten endlich ein erster Beweis vorliegt.

Bitte mailen Sie mir den Artikel so schnell wie möglich zu. Ich werde heute noch ein Schreiben aufsetzen und Engelbert Dürr fragen, was der Versicherer eigentlich mit Ihren Entwicklungen treibt. Ich sende Ihnen meinen Entwurf später zu, erläutert die Anwältin und sieht sich innerlich schon vor dem Gerichtssaal stehen, um die Fragen der sie belagernden Journalisten aus aller Welt zu beantworten.

Ganz schön naiv, Deine Professorin, sagt Mark grinsend, nachdem sich die beiden Frauen voller Zuversicht voneinander verabschiedet haben.

Die Mitarbeiter von Engelbert Dürr werden das Schreiben Deiner Anwältin sofort an die Rechtsabteilung des Konzerns weiterleiten, fährt Mark munter fort.

*Und das erste, was dieser Dr. Klein oder Dr. Kürzer – oder wie auch immer dieser Knabe heisst – als ein ordentlicher, auf Linie getrimmter Inhouse – Jurist tun wird, ist **alles** zu verleugnen. Ich wette mit Dir um zehn Abendessen – in den besten und teuersten Restaurants dieser Stadt –, Klein-Kürzer wird auf die Nachfrage Deiner Anwältin antworten, dass er erstens überhaupt nicht weiss, wer diese komische Anna Stern und ihre angebliche Anwältin überhaupt sind und dass zweitens keine dieser beiden Frauen – die nichts als schamlose Lügen verbreiten –, jemals einen einzigen Termin mit dem Versicherungsunternehmen – und schon garnicht mit den Vorständen dieses großartigen Unternehmens – hatte.*

Aber Kürzer war zusammen mit Frau von Schliff und mir bei den beiden Meetings im März und Juli 2011, erwidert Anna voller Verzweiflung. *Kürzer saß in seinem muffigen, grauen Anzug direkt neben mir und hat mich ständig penetrant angestarrt. Außerdem gibt es eine umfangreiche Mail - Korrespondenz zwischen ihm und Frau Professor von Schliff sowie zwischen ihm und mir,* ruft Anna mit hochrotem Kopf aus. *Wir haben sämtliche Terminbe-*

stätigungen schriftlich vorliegen. Außerdem habe ich ausnahmslos alle Telefonate und Termine mit Zwinger schriftlich protokolliert und diese Protokolle anschließend per Mail an Frau Professor von Schliff versandt.

Anna holt tief Luft und sprudelt dann weiter:

Das gilt auch für die zutiefst demütigenden Verhandlungen mit den beiden Assistenten Fisch und Vischer wegen »Pregnancy and More«! Hinzu kommt die schriftlich belegte Anforderung des Exposés zu digitalWorld und Zwingers persönliche Einladung zur zweiten PowerPoint-Präsentation vor Graustein und Hohn. Wenn ich alles, was ich schriftlich habe, ausdrucke, dann ergibt das eine umfangreiche Dokumentation der fast zweijährigen Verhandlungen, die einen dicken Aktenordner füllt.

Sorry, Liebes, bitte nicht weinen. Ich kann wirklich keine Tränen sehen. Ich weiss, das klingt nach einem Klischee, sagt Mark und zieht ein blütenweißes Taschentuch hervor, das er Anna über den Schreibtisch reicht.

Je früher Du Dich auf die harte Realität einstellst, umso besser für Dich! Glaub' mir, Anna, sie werden alles abstreiten und verleugnen. Die gesamte Mannschaft – die Vorstände mit eingeschlossen – wird Stein und Bein schwören, dass sie nicht die geringste Ahnung haben, wer Du bist und dass man offensichtlich davon ausgehen muss, dass Du eine verlogene und verrückte Person bist, die überdies noch unter einem Verfolgungswahn leidet.

Das werden wir ja sehen, erwidert Anna, die sich mittlerweile mit Marks Taschentuch die Tränen abgetrocknet und ihre Fassung wiedergewonnen hat.

Wenn es zum Äußersten kommt, dann erstelle ich mithilfe sämtlicher schriftlicher Nachweise eine genaue Dokumentation dieser erniedrigenden und demütigenden Verhandlungen. Als Lektorin weiss ich schließlich, wie man Bücher macht. Und diese hieb- und stichfeste Dokumentation werde ich der Kripo vorlegen ...

Nun mal langsam mit den jungen Pferden, sagt Mark väterlich. *Ich kenne Dich gut genug, um zu wissen, dass Du ausgezeichnete*

Arbeit geleistet hast und digitalWorld genial ist. Das Unternehmen wird jedoch alles tun, um Dich und Deine Anwältin nicht nur abzuschmettern und in die Pfanne zu hauen, sondern um Dir auch den größtmöglichen Schaden zuzufügen. Dazu gehört auch eine schwere Schädigung Deines guten Rufes, welche es Dir in Zukunft unmöglich machen wird, weiter als Spezialistin für die Branche tätig zu sein.

Ein Job wie Klein-Kürzer oder Kürzer-Klein – ich kann mir den blöden Namen einfach nicht merken – ihn verrichtet, wird von solchen Unternehmen nur an besonders »anpassungsbereite« Bewerber vergeben, die sich wie uniformierte Soldaten gehorsam bis zur Selbstaufgabe ins sogenannte Glied einordnen und funktionieren, erläutert Mark.

Anna nickt traurig, da ihr das mittlerweile auch klar geworden ist.

Aber genug Trübsal geblasen, sagt Mark, um Anna aufzurichten. *Wir gehen jetzt etwas essen und zwar ausnahmsweise – in diesen schweren Zeiten – in ein besonders gutes und teueres Restaurant. Wenn die Staatsanwaltschaft unbedingt will, dann kann sie sich dort auch ein Glas Mineralwasser bestellen, uns beim Essen zusehen und mich anschließend verfolgen lassen, wenn ich mich gegen 20.00 Uhr auf den Weg in die Tagesklinik mache.*

Als Anna am Abend wieder von dem Essen mit Mark zurückkommt, liegt bereits der zugemailte Entwurf des Schreibens ihrer Anwältin an Engelbert Dürr im Posteingang.

Konzept digitalWorld – Urheberrechtsverletzung – Vermeidung zivil- und strafrechtlicher Konsequenzen, lautet die Betreffzeile.

In ihrem Anschreiben verweist die Anwältin den Vorstandsvorsitzenden darauf, dass laut der in der Anlage beigefügten Zeitungsmeldung der Versicherungskonzern offensichtlich ein Reformkonzept zum Strukturwandel – welches ursprünglich nachweisbar von ihrer Mandantin stamme – bis zu einem fortgeschrittenen Stadium entwickelt habe.

Ihre Mandantin – schreibt die Professorin weiter – *habe von Ende 2009 bis Ende 2011 mit hochrangigen Vertretern des Konzerns über den Erwerb von digitalWorld verhandelt und auf Veranlassung des IT-Vorstands Dr. Zwinger von Termin zu Termin immer mehr Details ihres bahnbrechenden Reformkonzepts preisgegeben. Jedoch sei klar festzustellen, dass das von ihrer Mandantin entwickelte Konzept Urheberrechtsschutz genieße und eine Übernahme der wesentlichen Bestandteile von digitalWorld nicht nur eine Urheberrechtsverletzung, sondern – angesichts der langen Vertragsverhandlungen – auch eine Verletzung vorvertraglicher Pflichten darstelle.*

In beiden Fällen – so die Anwältin abschließend – *stünden ihrer Mandantin Unterlassungs- und Schadensersatzansprüche zu. Der Verstoß gegen das Urheberrecht verwirkliche darüber hinaus einen Straftatbestand.*

Am Ende des Anschreibens setzt die Professorin dem Versicherungsunternehmen noch eine einwöchige Frist bis zum 01.03.2012 für die Beantwortung ihres Schreibens.

Nachdem sie sich alles sorgfältig durchgelesen hat, gibt Anna ihrer Anwältin grünes Licht für die Versendung.

Kurz vor Ablauf der Frist – am 29.02.2012 – erhält Anna von ihrer Anwältin per Mail die schriftliche Antwort, verfasst, unterschrieben sowie in die Kanzlei gefaxt von den beiden Konzernjuristen Dr. Kürzer und Dr. Schauinsland. Die beiden Juristen schreiben, *dass sie die Behauptung, das deutsche Versicherungsunternehmen setze ein Konzept zum Strukturwandel um, das nachweisbar von ihrer Mandantin stamme, gemeinsam entschieden zurückweisen.*

Ebenso unzutreffend sei die Behauptung, das Konzept digitalWorld sei in einem eineinhalbstündigen Meeting mit Herrn Dr. Zwinger ausführlich vorgestellt worden. In dem Meeting am 08.07.2011 haben Sie – so Kürzer und Schauinsland weiter – *lediglich ein einseitiges Dokument mit dem Titel »Key Benefits« sowie den Entwurf einer Vereinbarung, in der das Konzept digitalWorld grob angerissen wurde, übergeben. Informationen zu dem Konzept selbst liegen dem Versicherungsunternehmen nicht vor.*

Der eineinhalbstündige Präsentationstermin mit Zwinger war am 12. Januar 2010 und das Exposé zu digitalWorld hat Zwinger nachweisbar am 14. Mai 2010 erhalten. Kürzer und Schauinsland stellen sich blöd und beziehen sich auf das Meeting am 8. Juli 2011 und das, was Kürzer und Schauinsland als den »Entwurf einer Vereinbarung« bezeichnen, war der von Frau von Schliff am 8. Juli 2011 Zwinger vorgelegte Beratervertrag, erinnert sich Anna.

Mark hat recht! Sie streiten alles ab und verleugnen sämtliche Fakten. Das spricht dafür, dass sie digitalWorld an sich gerissen haben und nun dabei sind, meine wertvollen Entwicklungen umzusetzen, überlegt Anna verzweifelt weiter. *Die Frage ist, wann sie mit der Umsetzung begonnen haben. Wahrscheinlich bereits kurz nach der Präsentation im Januar 2010.*

Anna liest noch den Schluss des Schreibens:

Schon aus diesem Grund ist eine Urheberrechtsverletzung denknotwendig ausgeschlossen.

»Denknotwendig«! Kürzer, dieser Volltrottel, mit seinen verlogenen, verstaubten und geschraubten Formulierungen!, denkt sie aufgebracht und greift zum Telefon, um ihre Anwältin anzurufen.

Um Anna zu beruhigen, erläutert ihr die Professorin, wie sie das Antwortschreiben verfassen wird. Die Anwältin wird nicht nur die von Kürzer und Schauinsland verleugneten Fakten berichtigen, sondern ihrem Antwortschreiben auch die entsprechenden schriftlichen Nachweise beifügen.

Außerdem werde ich in meiner Antwort abschließend noch klar und deutlich darauf verweisen, dass Zwinger Sie in dem umfangreichen Mail- und Telefonkontakt in den Jahren 2010 und 2011 geschickt dazu verleitet hat, in den Gesprächen mit ihm Ihr umfangreiches Spezialwissen preiszugeben, fügt Frau von Schliff hinzu.

Die Anwältin erinnert sich nur widerwillig daran, dass sie diejenige gewesen war, die *Die Hürde des Exposés werden wir auch noch meistern!* ausgerufen hatte, anstatt sich schützend vor ihre

Mandantin zu stellen und darauf zu bestehen, dass der Versicherer für die Überlassung des Exposés Geld bezahlt.
Ich werde unsere Antwort so bald wie möglich verfassen, Anna. Wenn Zwinger und seine Kollegen digitalWorld gestohlen haben, dann stehen Ihnen Ansprüche auf Unterlassung und Schadensersatz zu!
Doch Anna gelingt es nicht, sich zu beruhigen. Weinend und vollkommen verzweifelt verabschiedet sie sich am Telefon von ihrer Anwältin.

Wie mit Anna vereinbart, adressiert die Anwältin am 5. März 2012 das Antwortschreiben mit Fristsetzung 9. März 2012 wieder an den Vorstandsvorsitzenden des Konzerns, Engelbert Dürr, obgleich das letzte Schreiben von Kürzer und Schauinsland aus der Rechtsabteilung des Konzerns stammte.
Der Fisch stinkt bekanntlich vom Kopf, bemerkt die Professorin grimmig und fügt am Ende ihres Schreibens noch einen Absatz hinzu, in dem sie schreibt, *dass es im Interesse des Versicherungsunternehmens liegt, den vorliegenden Vorgang diskret und ohne Einschaltung von Medien und Gerichten zu behandeln sowie Frau Stern einen Vorschlag zur gütlichen Beilegung dieser Angelegenheit zu unterbreiten.*
Neben den schriftlichen Nachweisen zur Anforderung des Exposés und zur PowerPoint-Präsentation bei Zwinger, fügt sie auch das Exposé zu *digitalWorld* in der Anlage bei.
Die Antwort der Rechtsabteilung trifft am 12. März 2012 ein. Anstelle von Kürzer hat diesmal eine Frau Dr. Blaubart unterschrieben. Die zweite Unterschrift stammt wie beim letzten Mal von Schauinsland. In ihrem Schreiben behaupten die beiden Juristen, Anna habe das Exposé zu *digitalWorld* aus eigenem Antrieb übermittelt und das Exposé sei nicht von Zwinger persönlich angefordert worden.
Kürzer hat die Verleugnungen und die Verdrehung der Tatsachen auf seine Mitarbeiter abgewälzt. Kürzer kennt die Wahrheit. Er

weiss demzufolge, dass mit der schriftlichen und mündlichen Anforderung des Exposés durch Zwinger sowie dessen »blinkendem Köder« – sprich mit Zwingers persönlicher, schriftlicher Einladung zur zweiten Präsentation von digitalWorld vor Hohn und Graustein – der klare Beweis vorliegt, dass Zwinger und Graustein uns gezielt reingelegt haben, um an die entscheidenden Informationen zu gelangen, erläutert Anna der Professorin in der Kanzlei.

Zwinger, Graustein, Engelbert Dürr und Kürzer haben sich zusammengetan. Jeder Einzelne von ihnen ist viel zu feige, um eine solche Tat zu begehen. Sie sind nur gemeinsam »stark«. Wer weiß, wer sonst noch zu dieser kriminellen Bande gehört, schimpft die Anwältin und stampft wütend mit dem Fuß auf. *Der Rest des Schreibens besteht aus den üblichen Lügen und Verdrehungen der Fakten. Und hier* – die Professorin deutet auf den letzten Absatz im Schreiben von Blaubart und Schauinsland – *steht noch, »dass diese Angelegenheit damit für sie erledigt ist.«*

So einfach macht es sich diese niederträchtige Bande, wenn man sie mit der Wahrheit konfrontiert. Sie brechen einfach den Kontakt ab, ruft die Professorin erbittert aus. *Ich werde nochmals eine Richtigstellung an die drei Juristen aus der Rechtsabteilung senden – also auch an Herrn Dr. Kürzer –, aber ich bin mir ziemlich sicher, dass sie weiterhin auf dem Kontaktabbruch beharren werden.*

Am 15. März 2012 erhält Anna den Entwurf der Richtigstellung zugemailt. Die Anwältin weist erneut nach, dass es Zwinger gewesen war, der von sich aus das Exposé zu *digitalWorld* bei ihrer Mandantin angefordert hatte. Außerdem belegt die Professorin, dass der IT – Vorstand ihrer Mandantin eine persönliche, schriftliche Einladung zu einer zweiten PowerPoint – Präsentation vor den Vorständen Graustein und Hohn zugemailt hatte.

Die Anwältin fügt überdies einen weiteren schriftlichen Nachweis bei, der belegt, dass mit dem IT-Vorstand auch bereits über den Kaufpreis von *digitalWorld* verhandelt worden war.

Gegen Ende ihres Schreibens erläutert die Anwältin, dass *digi-*

talWorld über einen hohen Wert verfüge, da Millionen von Versicherungskunden des Konzerns weltweit ein Tool an die Hand gegeben wird, das es ihnen ermöglicht, alle ihre Angelegenheiten, welche ihre Versicherungen und ihre Gesundheit betreffen, in der digitalen Welt nicht nur zu ihrer großen Zufriedenheit, sondern auch schnell zu erledigen. Dieser für die Versicherungsbranche innovative Ansatz ist in dem Herrn Dr. Zwinger als streng vertraulich übermittelten Exposé verkörpert und urheberrechtlich gem. § 2 Abs. 1 Nr. 1, 4 und 7, Abs. 2 UrhG geschützt.

Belustigt erinnert sich Anna wieder daran, wie der Grafiker und sie den fett und groß geschriebenen Vermerk *Persönliches Exemplar ausschließlich für Herrn Dr. Günter Graustein, Herrn Dr. Maximilian Zwinger, Herrn Ullrich Hohn* auf die erste Seite des Exposés gesetzt hatten. Zusätzlich hatten sie auf jeder Seite oben den Zusatz *Streng vertraulich. Nicht zur Weitergabe bestimmt.* sowie unten rechts einen Copyright – Vermerk angebracht.

Das reinste Hochsicherheitsexposé!, hatte der Grafiker ausgerufen.

Wach hat mich heute in der Früh angerufen und eindringlich darauf hingewiesen, dass wir das Exposé unbedingt mit diesen Angaben versehen sollen, hatte Anna erwidert.

Ich dachte immer, Frau von Schliff sei unsere zuständige Expertin.

Frau von Schliff hat möglicherweise vergessen, daran zu denken. Oder sie hält die Angaben für überflüssig, weil sie davon ausgeht, dass es sich unstrittig um ein urheberrechtlich geschütztes Werk handelt. Im Zentrum des Exposés stehen schließlich – das wäre eine mögliche Argumentation – die dort abgebildeten Icons. Meine Erläuterungen dienen lediglich dazu, die jeweilige Funktion und Nutzung dieser Icons – sowie die dahinter ablaufenden Prozesse – zu beschreiben.

Bist Du sicher, dass diese Argumentation funktioniert?, hatte Rainer sofort nachgehakt. *Ich finde, man kann das Exposé auch als eine Art Anleitung zur Konstruktion einer spezifischen digitalen Welt lesen. Falls sich Zwinger und Graustein Dein Exposé unter den Nagel gerissen haben und Deine Problemlösungen in die Praxis umsetzen, könnte der Versicherer beispielsweise dreist behaupten, dass lediglich ein als Versdrama verfasstes Exposé als künstlerisches Werk unter das Urheberrecht fällt.*

Sicher bin ich mir nicht. Frau von Schliff hat sich nicht dazu geäußert, sondern lediglich vor ein paar Tagen kurz angedeutet, dass meine Entwicklungen in digitalWorld nicht geschützt sind: so wie das beispielsweise bei technischen Erfindungen der Fall ist, für die ein Patent angemeldet wurde.

Anwälte!, hatte der Grafiker entrüstet ausgerufen. *Ich gewinne zunehmend mehr den Eindruck, dass die Vertreter bzw. Vertreterinnen dieses Berufsstandes die Auseinandersetzungen heraufbeschwören, für deren Beilegung man sie dann im Streitfall mandatieren soll. Eine bemerkenswerte Arbeitsbeschaffungsmaßnahme ...*

Die abschließend von der Anwältin in ihrem Schreiben gesetzte Frist für den Eingang der vorzuschlagenden Gesprächstermine lautet 26. März 2012.

Am 21. März 2012 ruft die Anwältin Anna an:

Die Antwort aus der Rechtsabteilung wurde mir heute zugefaxt, Anna. Unterschrieben haben wieder Frau Dr. Blaubart sowie ihr Kollege, Herr Dr. Schauinsland. Blaubart und Schauinsland gehen natürlich weder auf unsere Argumente ein noch sehen sie einen Gesprächsbedarf, denn schließlich seien die Verhandlungen offiziell seitens des Konzerns am 06.12.2011 durch das Schreiben des Konzernvorstands Dr. Mattis von Schach beendet worden. Sie erinnern sich sicherlich an das Schreiben von Herrn Dr. von Schach mit dem CEO Engelbert Dürr auf Cc.

Aber was hat denn nun von Schach damit zu tun? Der Konzernvorstand hat schließlich damals seine Teilnahme bei der ersten »Präsentation« von digitalWorld mit Feist und Zwinger in letzter Minute abgesagt. Und außerdem bedeutet die Beendigung der Gespräche nach z w e i j ä h r i g e n Verhandlungen doch nicht, dass

Zwinger digitalWorld nicht anderthalb Jahre vorher – beispielsweise nach Erhalt meines Exposés im Mai 2010 – geklaut haben kann, ruft Anna aufgebracht aus.

Das ist mir auch klar, erwidert die Anwältin ungeduldig. *Wie Ihnen bereits mitgeteilt, stellen sie sich dumm und blocken ab, weil sie genau wissen, was passiert ist. Im Klartext bedeutet der Kontaktabbruch, dass sie uns höhnisch mitteilen, »Wenn ihr etwas von uns wollt, dann klagt doch einfach!«. Aber für eine erfolgreiche Klage reichen meiner Einschätzung nach die uns vorliegenden Beweise noch nicht aus. Ich sag's nicht gerne, Anna, aber wir werden weiterhin abwarten müssen, bis sie mit der Umsetzung von digitalWorld an die Öffentlichkeit gehen. Dann haben wir endlich die harten Fakten und Beweise, welche wir dringend benötigen.*

Aber das kann doch Jahre dauern!, ruft Anna verzweifelt aus. *Und selbst wenn wir dann die Beweise haben, wie soll ich in einem Verfahren gegen diesen mächtigen Großkonzern gewinnen? Das ist doch vollkommen aussichtslos! Der Konzern kann auf hohe finanzielle Ressourcen zurückgreifen, die mir natürlich nicht zur Verfügung stehen, und die besten und teuersten Anwälte engagieren.*

Nicht zu vergessen, die Rufschädigung, welche sie mir zufügen werden, fährt Anna niedergeschlagen fort. *Sie werden mich in der Branche als eine verlogene und paranoide Nestbeschmutzerin darstellen und aufgrund ihrer großen Macht dafür sorgen, dass ich keinen einzigen Auftrag mehr von den Versicherungsunternehmen erhalte. Wenn wir klagen bzw. Strafanzeige bei der Staatsanwaltschaft erstatten, dann werden sie versuchen, meine Firma in die Insolvenz zu treiben und mich finanziell vollkommen zu vernichten. Ich habe fast keine finanziellen Rücklagen mehr! Ich kann nicht mehr! Ich habe so viel ausgehalten, jetzt kann ich nicht mehr!*

Ich habe jetzt einen wichtigen Termin, Anna, erwidert die Anwältin streng. *Ich schlage vor, Sie beruhigen sich erst einmal und machen zwei Wochen Urlaub. Sie sollten sich gründlich erholen und anschließend in Geduld üben. Wir können im Moment nichts weiter machen außer abwarten.*

Ha, ha, he, he, ich hab's!, ruft Wach am Telefon voller Freude aus. *Die Sache ist aufgeflogen! Es ist genauso, wie wir uns das gedacht und Sie uns oft gesagt haben, Anna. Die Vorstände haben endlich den Fehler gemacht, auf den wir die ganze Zeit gewartet haben. Graustein ist in aller Ausführlichkeit an die Öffentlichkeit gegangen und hat Ihre Entwicklungen in digitalWorld als die seines Unternehmens gepriesen.*

Seit dem letzten Telefonat mit ihrer Anwältin im März sind über vier Monate vergangen und jetzt – Ende Juli – herrscht so ein heißer Sommer in der Stadt, dass alle Bewohner jammern und stöhnen und sich den Winter herbeisehnen. Seit Wach zu dem kleinen Team gestoßen war, hatte Anna darauf geachtet, den Unternehmensberater regelmäßig auf dem Laufenden zu halten, obgleich er ständig weltweit im Flugzeug unterwegs und nicht immer leicht zu erreichen ist. Dennoch hatte der bemerkenswert muntere und gut gelaunte Wach Augen und Ohren offen gehalten und war nun – am 31. Juli 2012 – auf zwei brisante Veröffentlichungen in einer bekannten Finanzzeitschrift gestoßen. Im Wirtschaftsteil hatte der Unternehmensberater sowohl ein langes Interview mit dem Vorstandsvorsitzenden Graustein als auch einen weiteren Artikel zu dessen jüngsten Reformanstrengungen gelesen.

Graustein hat eins zu eins Ihr Exposé wiedergegeben. Er hat sich sogar an die inhaltliche Gliederung sowie die im Exposé verwendeten Termini und Formulierungen gehalten. Er bringt die wichtigsten Themen genau in der Reihenfolge, in der Sie diese im Exposé dargestellt und erläutert hatten. Ich hatte ja schon immer den Eindruck, dass Graustein geistig kein Überflieger ist, aber das hier schlägt dem Fass den Boden aus!, berichtet Wach bestürzt.

Wach kennt das Exposé zu *digitalWorld*, da die Anwältin ihre Schriftsätze mit sämtlichen Anlagen immer auch an Anna gemailt hatte. Im Regelfall hatte Anna diese Mails auch den anderen Mitgliedern des Teams geschickt, um diese informationsmäßig auf dem neuesten Stand zu halten. Der Unternehmensberater hatte sich Annas Exposé sehr aufmerksam durchgelesen und sich nicht nur den Inhalt, sondern auch den Aufbau und die Gliederung gut gemerkt.

Eine große Welle der Erleichterung durchflutet Anna.

Möglicherweise haben wir jetzt endlich den entscheidenden Beweis, auf den wir so lange gewartet haben, hofft sie inständig und bittet Wach, ihr die beiden Artikel zuzusenden.

Mach ich, erwidert der Unternehmensberater munter. *Aber halten Sie mich bitte unbedingt auf dem Laufenden über Ihr weiteres Vorgehen. Ich möchte persönlich dabei sein, wenn Zwinger und Graustein zuhause von der Staatsanwaltschaft abgeholt werden. Das lasse ich mir nicht entgehen. Dauernd tanzen diese Vorstände uns Normalverbrauchern auf der Nase herum und meistens kommen sie damit durch, weil sie so aalglatt, skrupellos und gerissen sind!*

Bis Sie sich den Einsatz der Staatsanwaltschaft vor Ort persönlich ansehen können, wird noch ein wenig Zeit vergehen, sagt Anna lachend. *Und als mein zuständiger Unternehmensberater sollten Sie mich eindringlich darauf hinweisen, dass unsere Chancen gegen einen Großkonzern zu gewinnen, nicht wirklich gut sind. Dass David gegen Goliath gesiegt hat, bedeutet nicht, dass dies auch uns gelingen wird.*

Es scheint in unserem Land zwei Arten von Gerechtigkeit zu geben, fährt Anna zornig fort. *Eine Rechtsprechung für jene, die die Macht und die finanziellen Mittel haben, die besten und erfahrensten Anwälte und Strafverteidiger, die auch sehr verhandlungsstark im Umgang mit der Staatsanwaltschaft sind, für ihre Ziele zu gewinnen. Daneben gibt es eine Rechtsprechung für all diejenigen, die nicht über viel Macht und hohe finanzielle Ressourcen verfügen und sich keine Spitzenanwälte leisten können.*

Sie sehen das viel zu pessimistisch, Anna. Ich könnte Ihnen da jede Menge Gegenbeispiele aufzählen, aber ich muss in einer Stunde zum Flughafen, denn ich habe heute nachmittag einen Termin in Paris. Vorab maile ich Ihnen noch schnell die beiden Artikel zu.

Als die Anwältin in ihrer Kanzlei auf die beiden Zeitungsartikel im Posteingang stösst, greift sie aufgebracht zum Telefon und wählt Annas Telefonnummer.

Anna, ich muss Sie bitten, so schnell wie möglich in meine Kanzlei zu kommen. Wir müssen sofort Strafanzeige bei der Staatsanwaltschaft erstatten! Es besteht kein Zweifel mehr, dass wir es mit einem schweren Betrug sowie einer gravierenden Verletzung des Urheberrechts zu tun haben. Mir reißt jetzt endgültig der Geduldsfaden! Ich hatte ja schon immer den Eindruck, dass Zwinger und Graustein unglaublich eitel sind! Aber jetzt ist klar: sie sind ebenso dumm wie eitel!

Eine Suada von Beschimpfungen und Ärger ergießt sich aus dem Telefon. Während der Wortschwall ihrer Anwältin an ihr vorbei rauscht, bemerkt Anna, dass sie sich von der heftigen Reaktion vollkommen überrumpelt fühlt.

Wieso macht sie jetzt so eine große Kehrtwende?, denkt Anna betäubt und merkt, dass es ihr schwer fällt, einen klaren Gedanken zu fassen. *Dauernd hat sie mir gesagt, wir müssen abwarten, bis wir wirklich tragfähige Beweise haben und nun will sie Strafanzeige bei der Staatsanwaltschaft auf der Basis dieser beiden Zeitungsartikel erstatten.*

… außerdem erhalten wir dann, wenn die Staatsanwaltschaft das Ermittlungsverfahren einleitet, endlich die klaren Beweise, welche wir benötigen, um ein zivilrechtliches Verfahren anzustrengen, damit Sie Ihr Geld erhalten. Was meinen Sie dazu, Anna?

Meine ehrliche Meinung?, erwidert Anna, die plötzlich aus ihrer Betäubung erwacht. *Wollen Sie meine ehrliche Meinung hören? Ich persönlich glaube nicht, dass wir erfolgreich sein werden. Wenn Sie Strafanzeige gegen die Vorstände der Versicherung erstatten, wird das Unternehmen sämtliche Hebel in Bewegung setzen, um uns mundtot zu machen und den Diebstahl zu vertuschen. Ich habe in einem so hochbrisanten Fall wie den meinigen so gut wie kein Vertrauen in unser bestehendes Justizsystem.*

Unsere Staatsanwaltschaft leidet unter chronischem Geldmangel und die Staatsanwälte sind vollkommen überlastet. Wie wir alle wissen, herrscht großer Personalmangel und wer von den Staatsanwälten oder Staatsanwältinnen noch alle Sinne beinander hat, lässt sich ins Richteramt versetzen und schiebt dort eine ruhige Kugel, versetzt Anna zornig.

Das stimmt so nicht, protestiert die Anwältin. *Ich kenne einen Amtsrichter, der mir jedes Mal, wenn ich ihn treffe, die Ohren volljammert, wie schön es doch bei der Staatsanwaltschaft gewesen sei. Jetzt beim Amtsgericht müsse er sich mit zwei streitenden Parteien befassen und den ganzen schriftlichen Mist, der dabei fabriziert werde, auch noch lesen. Er will unbedingt wieder zurück zur Staatsanwaltschaft, denn dort sei alles viel besser gewesen.*

Die Landesregierung wird auch nicht wollen, dass der wichtigste Arbeitgeber im Land Ärger mit der Staatsanwaltschaft bekommt, zischt Anna, die zunehmend mehr in Fahrt kommt, ihre Anwältin gereizt an. *Ich gehe überdies davon aus, dass der Kontakt zwischen der Konzernleitung und der Landesregierung hervorragend ist und gut gepflegt wird. Zufällig weiss ich auch, dass sich unser Ministerpräsident und Engelbert Dürr regelmäßig zu einem gemeinsamen Frühstück treffen.*

Zu einem gemeinsamen Frühstück?, fragt die Anwältin verunsichert.

Zu einem gemeinsamen Frühstück! Eine von uns bei der Staatsanwaltschaft erstattete Strafanzeige, welche sich gegen die Vorstände richtet, würde bei einem kurzfristig anberaumten Frühstück im Sinne der Konzernleitung besprochen werden. Die Parteien würden sich innerhalb weniger Minuten darauf verständigen, dass das Ermittlungsverfahren so bald wie möglich einzustellen sei, um »schweren Schaden« von der Wirtschaft dieses Landes abzuwenden. Eine kurze mündliche Unterredung unter vier Augen: selbstverständlich ohne die Anfertigung eines schriftlichen Protokolls.

Bei einem gemeinsamen Frühstück auf ein schriftliches Protokoll zu verzichten, erscheint mir nachvollziehbar, murmelt die Professorin vorsichtig, um Anna nicht noch mehr zu reizen. *Was soll da schon Spektakuläres drinnen stehen? Wieviel weich gekochte Eier Engelbert Dürr verdrückt hat? Oder dass unser Ministerpräsident frisch gepressten Orangensaft bevorzugt?*

Wie Sie hoffentlich wissen, gelten in Brüssel mittlerweile Transparenzregeln, die bei uns in Deutschland nicht existieren. So müssen beispielsweise die für die EU-Kommission tätigen Kommissare jedes Gespräch in ihrem Kalender vermerken und diesen Kalender veröffentlichen. Das sollte endlich auch bei uns umgesetzt werden, antwortet Anna zutiefst verdrossen.

Da ihr diese Transparenzregel bedauerlicherweise nicht bekannt ist, zieht die Anwältin es vor, zu schweigen.

Wie Sie wissen, ist die Staatsanwaltschaft – wie man so schön sagt – die »Herrin des Verfahrens« und die Kripo muss den Anweisungen der Staatsanwaltschaft Folge leisten, erläutert Anna und gibt sich große Mühe, wieder ruhiger und gefasster zu klingen.

Selbst wenn ich der Kripo eine detaillierte Dokumentation der zweijährigen Verhandlungen mit dem Versicherer vorlege – die mit vielen stichhaltigen Beweisen gespickt ist und deren Erstellung mich mindestens zwei Monate Zeit kosten wird –, wird die Kripo mir sagen, dass der Fall für sie zwar vollkommen eindeutig sei und wir unstrittig Opfer von Kriminellen geworden sind, aber die Kripo diesen Fall leider nur dann bearbeiten kann, wenn die Staatsanwaltschaft das befürwortet. Denn – ich wiederhole mich – die Staatsanwaltschaft ist die »Herrin des Verfahrens« und bestimmt somit, wo's lang geht.

Selbstverständlich gehe ich auch in diesem Fall davon aus, dass der Kontakt zwischen der Staatsanwaltschaft und der Landesregierung ganz hervorragend ist und ebenfalls ein regelmäßiger »Gedankenaustausch« stattfindet, ergänzt Anna nach einem kurzen Schweigen.

Und last not least! Frau Professor von Schliff, Sie haben in Ihrem ganzen Leben noch nie eine einzige Strafanzeige bei der Staatsanwaltschaft erstattet. Sie bringen diesbezüglich keinerlei Erfahrun-

*gen mit. Glauben Sie wirklich, Sie können in einem so schwierigen Fall einen Durchbruch gegen die vorherrschenden Machtverhältnisse erzielen, obgleich Sie nicht die geringste Ahnung von Strafrecht haben? Wenn Sie mich nach meiner ehrlichen Meinung fragen: ich will **keine** Strafanzeige erstatten, denn ich habe nicht die geringste Chance, zu meinem Recht zu kommen! Haben Sie mich verstanden?*

Ihre Ausführungen waren wirklich nicht schwer zu verstehen, erwidert die Anwältin mit bemerkenswerter Ruhe. *Aber ich möchte Sie dennoch bitten, Anna, zu mir in die Kanzlei zu kommen. Eine derart wichtige Entscheidung sollte nicht blind vor Wut aus der Hüfte geschossen werden. Beachten Sie doch die Konsequenzen einer solchen Entscheidung. Ich würde Ihnen auch dringend empfehlen, mit Herrn Wach zu reden, wenn er wieder aus Paris zurück ist.*

Eine Woche später – nach ausführlichen Gesprächen mit ihrer Anwältin sowie den weiteren Mitgliedern ihres kleinen Teams – entschließt sich Anna, trotz ihrer großen Zweifel und tiefsitzenden Skepsis, zusammen mit der Professorin nicht nur Strafanzeige gegen die drei Vorstände Dr. Maximilian Zwinger, Dr. Günter Graustein und Ullrich Hohn zu erstatten, sondern auch den Konzernjuristen Dr. Kürzer und den zweiten Assistenten Zwingers, Gottfried Vischer, bei der für Wirtschaftskriminalität zuständigen Staatsanwaltschaft wegen Betrug und Verletzung des Urheberrechts anzuzeigen.

Das Verfahren

Es ist doch vollkommen selbstverständlich, dass Sie um Ihr Recht kämpfen müssen, wiederholt Frau Schwertfeger und beugt sich von ihrem Sessel hinter der Couch, auf der Anna liegt, von oben über Anna. *Sie sehen die Dinge immer viel zu schwarz. Wie ich Ihnen bereits mehrfach erläutert habe, sind Sie eine ewige Zweiflerin und mit Ihren ewigen Zweifeln machen Sie sich das Leben unnötig schwer!*

Am Tag zuvor, am 30. Oktober 2012, hatte die Professorin die 12 Seiten umfassende Strafanzeige mit 17 Seiten Nachweisen und Beweisen in der Anlage bei der zuständigen Staatsanwaltschaft gerade noch fristgemäß eingereicht. Im Urheberrecht beträgt die Frist für eine Strafanzeige lediglich drei Monate. Da die von Wach entdeckten Zeitungsartikel am 31. Juli 2012 erschienen waren, lief die Uhr gemäß dem Willen des Gesetzgebers ab dem 1. August 2012.

Und außerdem will Frau von Schliff Ihnen doch nur helfen. Verstehen Sie das denn nicht?, fragt Frau Schwertfeger beharrlich weiter. *Wie oft habe ich Ihnen erläutert, Frau Stern, dass Ihre Anwältin mit allen Kräften versucht, Ihnen zu helfen! Verharren Sie doch nicht weiter engstirnig im finsteren Schloss des Zweifels.*

Ich habe keinerlei Zweifel daran, dass Frau Professor von Schliff versucht, mir zu helfen. Die entscheidende Frage lautet, ob meine Anwältin mir erfolgreich helfen kann! Der vorliegende Fall erfordert hohe Spezialkenntnisse und das Wissen darum, wie die Branche bzw. das Top-Management eines Versicherungskonzerns denkt und handelt. Ausserdem hat Frau von Schliff so gut wie keine Ahnung von Strafrecht, sondern sie ist Fachanwältin für gewerblichen Rechtsschutz, erläutert Anna und seufzt.

Wie bitte, was?, fragt die Therapeutin verwirrt.

Ich habe neulich mit einem bekannten Spezialisten für den Schutz geistigen Eigentums telefoniert. Und wissen Sie, was Herr Dr. Siegfried, so heißt der Anwalt, mir gesagt hat?

Neugierig beugt sich Frau Schwertfeger noch weiter aus ihrem Sessel vor, so dass die auf der Coach liegende Anna direkt in das Gesicht ihrer Therapeutin mit den ausgeprägten Hamsterbacken blickt.

Herr Dr. Siegfried hat mir in aller Deutlichkeit gesagt, dass die zuständige Staatsanwaltschaft nicht die geringste Ahnung von Urheberrecht hat, sagt Anna niedergeschlagen und wendet ihren Blick von der Therapeutin ab. *Ich gehe davon aus, dass die von uns angezeigten Vorstände das auch wissen.*

Sie überschätzen die Kompetenz dieser Manager, Frau Stern, antwortet die Therapeutin entschieden, während Anna innerlich seufzend – und gefühlt zum hundertsten Mal – ein langweiliges abstraktes Gemälde mit blassen Farben an der Wand mustert. Schließlich wandert ihr Blick sehnsuchtsvoll zu der geschlossenen Zimmertür, welche nur zwei Meter vom Fussende der Coach entfernt liegt. Wie schön wäre es, dieses Gespräch jetzt abbrechen und den Raum verlassen zu können. Sie müsste für diesen Schritt nur ein wenig mehr Selbstvertrauen haben. Doch sobald Anna bei Frau Schwertfeger auf der Coach liegt, fühlt sie sich sowohl ihrer Kompetenz als auch ihrer Sicherheit beraubt. Anna empfindet die dominante und rechthaberische Therapeutin als eine Dampfwalze, die alles platt macht, was sich ihr in den Weg stellt.

Möglicherweise überschätze ich die Kompetenz dieser Top-Manager, entgegnet Anna und beendet damit ihre aufgebrachten innerlichen Überlegungen. *Aber wenn Herr Dr. Siegfried, der zu den besten seines Fachs gehört, das weiss – und er meinte zu mir, die Tatsache, dass die Staatsanwaltschaft nichts von Urheberrecht versteht, sei unter Anwälten allgemein bekannt –, dann wissen das natürlich auch die Anwälte der Vorstände. Diese Anwälte werden kilometerlange Schriftsätze schreiben, viel Geld damit verdienen und sich diebisch freuen, wenn das Ermittlungsverfahren letztendlich eingestellt wird. Außerdem stellt sich natürlich die Frage, warum Frau von Schliff nicht weiss, dass die Staatsanwaltschaft nichts von Urheberrecht versteht.*

Ach, Frau Stern, stöhnt die Therapeutin dramatisch. *Wenn Sie doch endlich damit aufhören würden, alles so schwarz zu sehen. Haben Sie doch mal ein wenig Vertrauen! Immerhin wird Ihre Anwältin – wie Sie mir selbst mitgeteilt haben – wegen ihrer großen Kompetenz in Fachkreisen sehr geschätzt und anerkannt.*

Das ist natürlich alles richtig, aber unsere Gegner sind außergewöhnlich mächtig, murrt Anna. *Meine Steuerberaterin hat mich vorsorglich gewarnt, als ich ihr von der Strafanzeige erzählt habe. Sie meint, ihrer Erfahrung nach wird der Vorstand seine hochkarätigen Verbindungen spielen lassen. Sie geht demzufolge davon aus, dass meine Firma demnächst eine außergewöhnlich schwierige Betriebsprüfung bekommen wird.*

Ich muss Frau von Schliff unbedingt noch weitere erfahrene Anwälte an die Seite stellen, überlegt Anna laut. *Sie benötigt dringend einen Kollegen, der die Branche kennt bzw. entsprechende Kontakte in die Branche hat.*

Jetzt hat der Staatsanwalt zum dritten Mal gewechselt. Das ist doch nicht zu fassen!, ruft die Professorin wütend aus. *Man könnte glauben, wir leben in einer Bananenrepublik! Die Staatsanwälte reichen sich unsere Strafanzeige wie eine heiße Kartoffel untereinander weiter. Der Grund dafür ist offensichtlich. Mittlerweile hat man den Fall einer jungen und unerfahrenen Staatsanwältin gegeben, die frisch angefangen hat. Und wissen Sie, wie die Frau heisst?*

Nein, sagt Anna und lacht.

Frau Dr. Teufel!, stösst die Anwältin hervor, als stünde der Name der Staatsanwältin für eine düstere Zukunft und leite unmittelbar das Ende der Welt ein.

Anna sitzt am Schreibtisch ihrer Anwältin, da die Professorin sie wieder einmal zu einem Termin in die Kanzlei zitiert hat.

Frau Dr. Teufel, wie passend!, grinst Anna, obwohl ihr nicht nach Lachen zumute ist. *Vielleicht möchte die Staatsanwaltschaft, dass wir zur Hölle fahren, weil sie sich davor fürchtet, sich an diesem Fall die Finger zu verbrennen. Ich habe vor einigen Tagen mit Herrn Oberstaatsanwalt Dr. Enger, also dem Vorgesetzten von Frau Dr. Teufel, gesprochen. Er war stinksauer und fragte mich, wie ich dazu komme, ihn anzurufen und ob ich etwa der Meinung sei, er habe nichts zu tun. Sein Schreibtisch sei überhäuft mit Akten und Unterlagen und er habe nun wirklich keine Zeit für mich! Der Mann hat sich aufgeführt wie James Bond. Im Geheimdienst seiner Majestät! Fragt sich nur, wer diese Majestät ist. Ich habe da so einen Verdacht!*

Sie können nicht einfach bei der Staatsanwaltschaft anrufen. Überlassen Sie das mir! Sie begehen einen großen Fehler, wenn Sie das tun, sagt die Anwältin mahnend.

Keiner weiss, wie schwer es für mich ist, diese unerträgliche Situation auszuhalten! Sie wissen doch, dass ich nicht daran glaube, dass ich zu meinem Recht kommen werde!, stösst Anna düster aus.

Anna, ich ermahne Sie eindringlich, zur Vernunft zu kommen! Und wenn Sie in Zukunft nicht das tun, was ich als Ihre Anwältin Ihnen sage, dann lege ich mein Mandat nieder!

Ab sofort gibt es keine eigenständigen Anrufe mehr bei der Staatsanwaltschaft!, verkündet die Anwältin streng. *Ich will auch sonst keine weiteren Alleingänge mehr sehen. Schließlich sind wir ein Team und fällen alle wichtigen Entscheidungen gemeinsam mit Herrn Wach und Herrn Paradies.*

Erschrocken starrt Anna ihre Anwältin an. Es ist unschwer zu erkennen, dass die Professorin mit ihrer Geduld am Ende ist.

Verstanden, sagt Anna leise und seufzt. *Ich werde nichts mehr eigenständig ohne gemeinsame Absprache machen. Aber es fällt mir sehr schwer!*

Die 17 Seiten Anlage zur eingereichten Strafanzeige beinhalten nicht nur die beiden Zeitungsartikel vom 31. Juli 2012, in denen Graustein grundlegende Problemlösungen aus *digitalWorld* als bahnbrechende Entwicklungen seines Unternehmens ausgegeben hatte, sondern die Anlage umfasst auch die Korrespondenz zwischen der Professorin und der Rechtsabteilung des Konzerns.

Ende Januar 2013 faxt die Anwältin der Staatsanwältin ein kurzes Schreiben zu, in dem sie darum bittet, die interne Frist für die Abgabe des Berichts der Kriminalpolizei an die Staatsanwaltschaft zu verlängern, da ihre Mandantin der Kripo noch eine schriftliche Dokumentation der zweijährigen Verhandlungen mit dem Vorstand der Versicherung übergeben wolle. Diese Dokumentation – so die Anwältin in ihrem Schreiben – werde sowohl der Staatsanwaltschaft als auch der Kripo viel Zeit und Mühe bei den weiteren Ermittlungen ersparen.

Doch während Anna über der Dokumentation sitzt, kämpft sie innerlich darum, ruhig zu bleiben und nicht die Nerven zu verlieren. Wie von ihrer Steuerberaterin vorhergesagt, erhält Annas Firma Anfang 2013 – zwei Monate nach der Erstattung der Strafanzeige – eine besonders schwere Betriebsprüfung.

Die verbissene Prüferin, Frau Starr, versteift sich zunächst hartnäckig auf die Behauptung, Annas Firma habe ihr nicht pflichtgemäß alle, sondern lediglich einen Teil der angeforderten Unterlagen zur Prüfung vorgelegt. Annas Steuerberaterin, in deren Kanzlei die Betriebsprüfung stattfindet, interveniert und schafft es, der Prüferin klar zu machen, dass ihr alle erbetenen Unterlagen vorliegen.

Da Frau Starr jedoch keine steuerlichen Verstöße ausfindig machen kann, fängt die Prüferin an, die Geschäftsführerin der kleinen Firma zu drangsalieren. Sie fordert zu allen vorgelegten steuerlichen Belegen – wie beispielsweise den Rechnungen von Annas Anwältin – ausführliche Berichte sowie weitere Nachweise an. Als auch das keine steuerlichen Verstöße zutage fördert, rafft

Frau Starr sämtliche Unterlagen an sich und verschanzt sich mit den Steuerordnern in ihrem kleinen Büro im Finanzamt.

Schließlich entscheidet sich Anna dazu, dem Vorgesetzten der Prüferin eine Mail zu schreiben, in der sie erläutert, dass Frau Starr trotz eingehender Prüfung keinen steuerlichen Verstoß ausfindig machen konnte und ihre Firma demzufolge um eine Rückgabe aller von Frau Starr gehorteter Unterlagen bitte. Die schriftliche Antwort des Vorgesetzten fällt freundlich aus. Einige Tage später sucht Anna Frau Starr persönlich im Finanzamt auf und eist triumphierend sämtliche Steuerordner aus dem festen Griff der Prüferin los.

Und was meinen Sie dazu?, fragt Anna den Kriminalhauptkommissar Heller, nachdem dieser sich mit einem zufriedenen Grunzen auf die von ihr mitgebrachte Dokumentation der Verhandlungen gestürzt und in Windeseile sofort die für die Kripo wichtigen Unterlagen rausgefischt hatte. Noch nie zuvor hatte Anna einen Menschen gesehen, der sich derart begierig auf schriftliche Unterlagen gestürzt, diese innerhalb kürzester Zeit durchpflügt und auf Anhieb das Gesuchte ausfindig gemacht hatte.

Die Dokumentation widerlegt ganz klar sämtliche Verleugnungen der Beschuldigten, erwidert Heller freundlich, während sein Kollege am Schreibtisch gegenüber neugierig zu Anna hinüber äugt.

Hier haben wir zunächst den schriftlichen Nachweis vom September 2009 mit den drei ersten Ihnen unterbreiteten Terminvorschlägen für die Präsentation von digitalWorld vor den beiden Top-Managern Zwinger und Feist sowie dem Konzernvorstand Mattis von Schach, erläutert Heller zufrieden und zeigt auf die aufgeschlagene Dokumentation. *Diese drei Terminvorschläge stammen von der Sekretärin des Vorstandsvorsitzenden des Konzerns, Engelbert Dürr.*

Es folgen zwei weitere schriftliche Einladungen: die Einladung zur PowerPoint-Präsentation »unter vier Augen« bei Herrn Dr. Zwin-

ger am 12. Januar 2010, verfasst von Zwingers Sekretärin, und die Einladung zur nächsten PowerPoint-Präsentation von digitalWorld vor den beiden Vorständen Dr. Graustein und Ullrich Hohn. Diese zweite Einladung hat Herr Dr. Zwinger selbst am 20. April 2010 geschrieben, fährt der Kriminalhauptkommissar konzentriert fort und blättert dabei die Dokumentation durch. *Und hier haben wir den schriftlichen Beleg vom 14. Mai 2010 zur wiederholten Anforderung des Exposés zu digitalWorld durch Herrn Dr. Zwinger bzw. dessen Sekretärin. Zusammen mit allen anderen Informationen, die uns bereits vorliegen, ergibt das einen ziemlich eindeutigen Tatbestand, Frau Stern.*

Eine Stunde zuvor hatte sich Anna in ihr bestes und schönstes Kleid in einem leuchtendem Grün geworfen und war mit der Dokumentation quer durch die Stadt zum zuständigen Kommissariat gefahren, um dem Kriminalhauptkommissar den prall gefüllten Aktenordner persönlich zu übergeben. Zu ihrem großen Erstaunen befindet sich das Kommissariat in einer langen, grauen Baracke, was Anna auf den Gedanken bringt, dass hier offensichtlich Steuergelder an falscher Stelle eingespart werden.

Wie geht es jetzt weiter?, fragt Anna, die neben Heller an seinem einfachen und fast schon ärmlich anmutenden Schreibtisch sitzt und sich in ihrem strahlend grünem Kleid beschämend overdressed fühlt.

Wir werden jetzt den Bericht mit unseren Ermittlungsergebnissen an Frau Dr. Teufel weiterleiten und dann müssen wir die Entscheidung der Staatsanwaltschaft abwarten. Die Staatsanwaltschaft ist die »Herrin des Verfahrens« und entscheidet demzufolge, wie das weitere Vorgehen aussieht.

Auch dann, wenn die Beweise eindeutig sind und es vollkommen klar ist, dass ich das Opfer einer skrupellosen Gruppe von Tätern geworden bin?, fragt Anna verwirrt und zutiefst enttäuscht.

Auch dann müssen Sie abwarten, wofür sich die Staatsanwaltschaft entscheidet, erwidert Heller freundlich. *Sie müssen Geduld haben.*

Geduld, Geduld, Geduld!, schimpft Anna und wirft Heller einen gereizten Blick zu. *Wir müssen davon ausgehen, dass der Versicherer seit fast drei Jahren dabei ist, digitalWorld umzusetzen. Mit Sicherheit wurden nicht erst seit dem Einreichen unserer Strafanzeige, Ende Oktober 2012, Spuren verwischt und Beweise vernichtet. Und die Tatsache, dass es bis Januar 2013 gedauert hat, bis wir endlich eine zuständige – und auch noch vollkommen unerfahrene – Staatsanwältin bekommen haben, hat diesen Betrügern und Kriminellen mit hochoffizieller Unterstützung ausreichend Luft und Zeit verschafft, um all jene Spuren zu tilgen, die dabei helfen würden, die Täter zu überführen. Es ist zum Verzweifeln!*

Mittlerweile ist es Mitte Mai 2013 und überall in der Stadt blühen die Kastanien, obwohl der Mai in diesem Jahr verregnet und kalt ist. Als Anna vor dem weißen Haus ihrer Anwältin steht, sieht sie, dass der Garten sichtbare Fortschritte gemacht hat. Die großen, dunklen Erdhügel sind verschwunden und stattdessen blühen überall Blumen, die tapfer dem Regen trotzen.

Die Anwältin hatte Anna gebeten, in die Kanzlei zu kommen, da mittlerweile der 29 Seiten umfassende Schriftsatz vom 29.04.2013 der Kanzlei Kotz, Hartsäbel und Wissend eingetroffen sei. Die Kanzlei war von den drei Vorständen Zwinger, Graustein und Hohn sowie von dem Konzernjuristen Kürzer und Zwingers Assistenten Vischer zu ihrer Verteidigung beauftragt worden.

Als Wach von Anna – während sie im Auto zur Kanzlei unterwegs ist – am Telefon vernimmt, dass der Schriftsatz der Gegenpartei erst jetzt Mitte Mai bei der Professorin eingetroffen sei, murmelt der Unternehmensberater etwas, das nach *Ponyexpress der Staatsanwaltschaft* klingt, um sich anschließend in das nächste Flugzeug nach New York zu schwingen.

29 Seiten voller Lügen und Verleugnungen, schimpft die Professorin. *Aber immerhin räumen diese Anwälte – wenn auch ziemlich kleinlaut – ein, dass Zwinger das Exposé zu digitalWorld von sich aus persönlich bei Ihnen angefordert hat.*

Aber die Anwälte verleugnen die Tatsache, dass Zwinger Sie nachweisbar auch persönlich um die Ausarbeitung von »Pregnancy and More« gebeten hatte, fährt die Anwältin fort. *Das war ja dieser Anruf in aller Herrgottsfrüh am 10. Februar 2011, als er im Auto unterwegs war und Ihnen für die Ausarbeitung des Grobkonzepts 12.500 Euro angeboten hat. Was im Übrigen eine Unverschämtheit sowie eine unverfrorene Demütigung ist, da der finanzielle Wert von »Pregnancy and More« als deutlich höher eingestuft werden muss.*

Der promovierte Mathematiker und IT-Vorstand Zwinger hat sich mit seinem Angebot auf den Verkaufspreis von digitalWorld bezogen. Sein Angebot war ein fieser Trick, den er sich offensichtlich zusammen mit Kürzer und den anderen ausgedacht hatte. Sie waren doch auch bei dem Meeting im März 2011 dabei, als Kürzer vorgeschlagen hatte, die 12.500.- Euro ohne Angabe eines Grundes an meine Firma zu überweisen, erläutert Anna der Professorin.

Klingt ganz so, als würde es sich bei dieser Tätergruppe um geistig behinderte Frauenhasser handeln, schnaubt die Professorin und macht ihrem tiefsitzendem Groll Luft. *Diese eitlen Machos haben ein besonders primitives Frauenbild und ihre tiefsitzende Abscheu gilt eindeutig den starken und kompetenten Frauen. Das macht die Sache nicht gerade einfacher für Sie, Anna. Ich denke dabei an die seelische Aufarbeitung dessen, was Ihnen zugefügt worden ist.*

Anna denkt an ihre ständigen Panikattacken und das damit einhergehende Gefühl tiefer Ohnmacht. Frau Schwertfeger wird ihr mit Sicherheit nicht weiterhelfen können. Die Tatsache, dass es sich – oberflächlich betrachtet – um ein rein körperliches Leiden zu handeln scheint, hält die Therapeutin davon ab, nach den eigentlichen Gründen zu suchen.

Und hier legen sie eine in meinen Augen n a c h t r ä g l i c h angefertigte Aktennotiz von Kürzer vom 12.08.2011 vor, fährt die Professorin fort, ohne zu ahnen, was in ihrer Mandantin vorgeht.

In dieser Notiz empfiehlt der Konzernjurist dem IT-Vorstand, Ihnen den Abbruch der Gespräche mitzuteilen, sagt die Professorin und tippt wütend mit ihrem Finger auf einen Absatz in dem vor ihr liegenden Schriftsatz. *Ein Jahr und acht Monate nach Ihrer PowerPoint-Präsentation »unter vier Augen« am 12.01.2010: die sind wirklich von der schnellen Truppe! Nach zwanzig Monaten – ich wiederhole: z w a n z i g – wollten sie laut dieser getürkten Aktennotiz die Verhandlungen abbrechen. Warum nicht gleich nach Ihrer Präsentation von digitalWorld im Januar 2010? Aber dieser frühe Abbruch der Verhandlungen wurde deswegen nicht vorgenommen, weil Zwinger sich vorher unbedingt Ihr Wissen und Ihre Entwicklungen unter den Nagel reißen wollte.*

Diese nachträglich angefertigte Aktennotiz ist ein ein reines Ablenkungsmanöver von dem, was wirklich passiert ist, bemerkt Anna bitter.

Die scheinen zu glauben, Frau Stern und ihre Anwältin sind so zwei kleine, naive Mäuschen, die sie kurzerhand in Angst und Schrecken versetzen können. Offensichtlich halten sie sich für die Angehörigen einer großmächtigen Elite, die sich über alles hinwegsetzen und machen kann, was sie will!, ruft die Professorin wutentbrannt aus.

Das ist das erste Mal, dass ich mich darüber freue, dass wir Strafanzeige bei der Staatsanwaltschaft erstattet haben, erwidert Anna belustigt. *Dass die beiden »kleinen, naiven Mäuschen« sich gezielt wehren, damit haben die mit Sicherheit nicht gerechnet!*

Draußen im Garten vor der Terrassentür, die leicht gekippt ist, so dass frische, kühle Mailuft in die Kanzlei strömt, lässt sich eine Amsel auf einen der großen Blumenkübel nieder. Gewöhnt gegen den Lärm der Großstadt anzutreten, singt der Vogel laut und ein betörender Gesang füllt den Raum. Für einen kurzen Augenblick hat Anna das Gefühl, die Amsel singe im Arbeitszimmer der Professorin. Schließlich entdeckt sie den stimmgewaltigen Vogel draußen im Grün und lächelt.

Übrigens hat Kriminalhauptkommissar Heller, als ich neulich mit ihm telefoniert habe, nebenbei kurz verlauten lassen, dass Zwinger, Graustein, Hohn sowie Kürzer und Vischer wahrschein-

lich noch von der Kripo verhört werden, bemerkt Anna in der Hoffnung, dass es der Anwältin in ihrem Zorn entgeht, dass sie diesen Anruf bei der Kripo eigenmächtig – und ohne sich vorher abzustimmen – getätigt hat.

Ich hoffe, dass es so weit kommt, aber gehen Sie davon aus, dass die fünf Täter der Kripo weitere Verleugnungen auftischen und sich untereinander gezielt absprechen werden, erwidert die Professorin, ohne Annas selbständiges Handeln zu kommentieren. *Es geht den Tätern auch um die Vertuschung einer schweren seelischen Gewalttat, die unbedingt verborgen bleiben soll.*

Hier behaupten die Anwälte noch, dass Sie dem Konzern die Präsentation aufgedrängt hätten. Ja, wenn aufdrängen bedeutet, dass die Konzernspitze Sie innerhalb der von uns schriftlich gesetzten Frist gebeten hat, digitalWorld vor drei Top-Managern zu präsentieren und Ihnen dafür d r e i Terminvorschläge unterbreitet hat, dann haben Sie sich in der Tat aufgedrängt! Genauso gut könnten wir behaupten, dass sich der Konzern mit den drei unterbreiteten Terminvorschlägen Ihnen gegenüber aufdringlich und penetrant verhalten hat, fügt die Professorin lachend hinzu.

Unterschrieben ist der Schriftsatz der Gegenpartei übrigens von vier Anwälten und einer Anwältin: Herrn Hartsäbel, Herrn Dr. Detmold, Herrn Wissend, Herrn Dr. Traube sowie Frau Dr. Land! Entspricht genau der Anzahl der von uns angezeigten Personen. An den ersten 13 Seiten des Schriftsatzes saßen insgesamt fünf Anwälte. Den Angezeigten ist der Schreck ganz schön in die Glieder gefahren, freut sich die Anwältin und blickt Anna zuversichtlich an.

Was ist mit den restlichen Seiten des Schriftsatzes?, fragt Anna.

Ja, jetzt kommt überhaupt der eigentliche Clou. Auf diesen nachfolgenden 16 Seiten beschäftigen sich die fünf Anwälte eingehend Satz für Satz mit Ihrem Exposé zu digitalWorld.

Die Anwälte beschäftigen sich mit jedem einzelnen Satz, den Sie geschrieben haben, Anna, wiederholt die Anwältin. *Doch der Kommentar ist immer der gleiche. Unabhängig davon, was*

Sie in Ihrem Exposé jeweils beschrieben oder erläutert haben. Würde mich mal wirklich interessieren, was für ein Stundenhonorar die Herren dafür kassiert haben. Hier schauen Sie sich das einmal an!

Bei der Zerlegung des Exposés stehen am Schluss nicht die Unterschriften der fünf Anwälte. Ich gehe davon aus, dass es Zwinger war, der das Exposé zerstückelt und monoton Satz für Satz mit dem immer gleich lautenden Kommentar versehen hat, sagt Anna leise, nachdem sie die ihr vorgelegten 16 Seiten durchgeblättert und der Anwältin zurück gegeben hat. *Der bei der Präsentation so begeisterte und übersprudelnde Herr Dr. Zwinger!*

Der in seiner großen Eitelkeit tief verletzte Zwinger schlägt zurück! Ja, das könnte hinkommen. Was für ein erbärmliches Würstchen, ergänzt die Professorin, als sie sieht, dass Anna mit den Tränen kämpft. *Erst nimmt Zwinger das Exposé zu digitalWorld mit in seinen mehrwöchigen Urlaub nach Norwegen, um sich tiefer in die Thematik einzuarbeiten und genauer zu verstehen, wie Ihre Entwicklungen funktionieren und jetzt versieht er jeden einzelnen Satz stereotyp mit dem immer gleich lautenden und entwertenden Kommentar. Das ist doch vollkommen unglaubwürdig!*

Der IT - Vorstand will mit diesem Vorgehen doch nur darüber hinwegtäuschen, dass er niemals auf Ihren kreativen Lösungsansatz gekommen wäre, weil sein kriminelles und beschränktes Denken derart erfolgreiche und konstruktive Entwicklungen von Problemlösungen eindeutig verhindert, schlussfolgert die Anwältin und haut so entschieden mit der Faust auf den Tisch, dass Anna hochfährt. *Es müsste für Beschuldigte wie Zwinger spezialisierte Gutachter geben, die nachweisen, dass dieser Mann nur in vorgegebenen Bahnen oder Systemen denken kann. Kein Wunder, dass er immer penetrant betont hat, dass die IT lediglich die Funktion der Exekutive ausübe. Würde mich mal interessieren, was Zwinger sonst noch so alles »exekutiert« hat.*

Nach einem kurzen Schweigen fährt die Anwältin mit ruhiger Stimme fort: *Um seine Argumentation zu belegen, verweist Zwin-*

ger übrigens ständig auf Unterlagen, die sich offensichtlich noch in der Akte der Staatsanwaltschaft befinden. Diese sogenannten Beweise wurden uns von der Staatsanwaltschaft noch nicht zur Verfügung gestellt. Wir haben lediglich die mir vorliegenden 29 Seiten erhalten, die Sie hier sehen.

Die Anwältin dreht den vor ihr liegenden Schriftsatz nochmals um, damit Anna ihn lesen kann und zeigt auf die extra angebrachte Paginierung der Seiten durch die Staatsanwaltschaft.

Die 29 Seiten aus der Akte der Staatsanwaltschaft, die wir mit diesem Schriftsatz erhalten haben, sind die Seiten 157 bis 186. Und die angeblichen Beweise – auf die Zwinger bei der Zerstückelung Ihres Exposés verweist, um seine Behauptung zu untermauern, dass das Versicherungsunternehmen bereits seit mehreren Jahren an genau den gleichen – ich betone: an genau den gleichen – Entwicklungen arbeitet – wurden dem Schriftsatz nicht beigefügt. Diese angeblichen Beweise befinden sich demzufolge noch in der Akte der Staatsanwaltschaft. Die Gegenpartei – sprich Zwinger – behauptet, es handele sich dabei um so hochbrisante, wichtige und geheime Unterlagen, dass man diese Unterlagen unbedingt unter Verschluss halten müsse, fügt die Professorin belustigt hinzu.

Lassen Sie mich raten, nimmt Anna den Faden ihrer Anwältin auf. *Wir benötigen demzufolge die Zustimmung der Staatsanwältin, um die angeblichen Beweise zu erhalten. Sollte Frau Dr. Teufel uns die Akteneinsicht gewähren, werden Zwinger und seine Gefolgsmänner – mithilfe der Behauptung, es handele sich um streng zu hütende Geschäfts- und Betriebsgeheimnisse – sämtliche ihnen zur Verfügung stehenden Geschütze auffahren, um eine Akteneinsicht zu verhindern.*

Und das bedeutet, wir müssen dann einen Beschluss des Ermittlungsrichters abwarten. Das kostet uns wieder sehr viel Zeit, sagt die Professorin und nickt zustimmend. *Der Ermittlungsrichter oder die Ermittlungsrichterin wird uns voraussichtlich eine Akteneinsicht gewähren, da wir ohne diese »Beweise« nicht auf Zwingers Argumentation antworten können: wieder ein Ablenkungsmanöver von der schweren seelischen Gewalttat, die Ihnen durch die Tätergruppe zugefügt worden ist.*

Und wenn wir endlich diese »Beweise« aus der Akte erhalten, werden wir die großartige Entdeckung machen, dass es sich um uraltes Material aus der Steinzeit handelt, welches nicht offenlegt, woran der Versicherer momentan tatsächlich arbeitet, seufzt Anna niedergeschlagen und erschöpft. *Im Gegenteil! Bis Sie und ich diesen wertlosen Müll erhalten, werden Monate vergehen. In dieser Zeit wird das Unternehmen die Umsetzung von digitalWorld weiter vorantreiben und die Vorstände und die Rechtsabteilung werden durch raffinierte Tricks dafür sorgen, dass das Unternehmen rechtlich nicht mehr belangt werden kann.*

Wie Sie bereits mehrfach festgestellt haben, Anna, haben Zwinger und seine Mittäter das System schon lange durchschaut. Sie bedienen sich dieses schwerfälligen Rechtssystems zu ihrem eigenen Vorteil! Die gegnerischen Anwälte haben zusammen mit den Vorständen eine für sie funktionierende Hinhalte- und Beschäftigungsstrategie entwickelt, die ihnen einen großen zeitlichen Vorsprung sichert und dafür sorgt, dass sie sich rechtzeitig in Sicherheit bringen können, sagt die Professorin matt.

Ich gehe davon aus, dass der Oberstaatsanwalt genau weiss, dass diese sogenannten »Beweise« in der Akte der Staatsanwaltschaft keinerlei Aussagekraft haben. Herrn Dr. Enger ist mit Sicherheit klar, dass der Versicherer aktuell an ganz anderen Projekten, die auf digitalWorld basieren, arbeitet. Diese Nachweise werden der Staatsanwaltschaft selbstverständlich nicht vorgelegt und offensichtlich auch nicht von ihr eingefordert, sagt Anna. Ihre Enttäuschung ist so groß, dass sie am liebsten laut aufschreien würde.

Da bin ich mir nicht so sicher, Anna, erwidert die Professorin stirnrunzelnd. *Möglicherweise ist die Staatsanwaltschaft – was diese spezielle Thematik betrifft – auch aufgrund des Personalmangels nicht imstande, zu erkennen, dass es sich bei den angeblichen Beweisen in der Akte um alten Schrott handelt und digitalWorld eine vollkommen neue Ära einleitet.*

Das glaube ich inzwischen nicht mehr. Ich habe mittlerweile das Gefühl, dass die Staatsanwaltschaft die Täter deckt. Fairerweise muss ich jedoch einräumen, dass Ihre Bemerkung zu der Aussage Ihres renommierten Kollegen Herrn Dr. Siegfried passt, der mir gesagt hat, dass die Staatsanwaltschaft k e i n e A h n u n g vom Urheberrecht hat.

Sie haben mit Herrn Dr. Siegfried gesprochen?, fragt die Anwältin erstaunt. Ich kenne ihn persönlich aus unserer Zeit am Max-Planck-Institut. Ein sehr kompetenter Anwalt!

Ich wollte Ihnen einen erfahrenen und erfolgreichen Kollegen an die Seite stellen, erwidert Anna niedergeschlagen. Aber Herr Dr. Siegfried ist vollkommen überlastet und kann uns leider nicht weiterhelfen.

Also habe ich mit meiner anfänglichen Einschätzung doch recht gehabt, ruft Anna plötzlich wütend aus. Ich wusste nicht, wie die Vorstände und ihre Verbündeten genau vorgehen werden, aber mir war aufgrund meiner Erfahrung mit dieser Branche klar, dass ich niemals zu meinem Recht kommen werde! Das ganze Verfahren ist eine einzige Farce und diese Farce wird nur aufgeführt, um den Anschein einer funktionierenden Justiz zu wahren! Mit all dem, was dabei veranstaltet wird, können sich die Beteiligten immer rausreden und behaupten, dass sie alles versucht haben, um der Wahrheit auf die Spur zu kommen.

Obgleich die Professorin darauf besteht, weigert sich Anna beharrlich, zur satzweisen Zerlegung des Exposés durch Zwinger ebenfalls satzweise detailliert Stellung zu beziehen.

Nach einem heftigen Streit mit ihrer Mandantin sowie einer Phase störrischen Schweigens auf beiden Seiten gibt die Anwältin nach. Am 28. Juni 2013 beantragt Frau von Schliff mit einem dreiseitigen Fax an die Staatsanwältin vollständige Akteneinsicht. Die Begründung der Anwältin lautet, dass erst dann – wenn die von Zwinger bei seiner Zerlegung des Exposés angeführten (angeblichen) Beweise zur Verfügung gestellt werden – eine sinnvolle Erwiderung auf den Schriftsatz der Gegenpartei vom 29. April 2013 möglich sei.

Wach, Anna und der Grafiker sitzen bei Rainers Lieblingsitaliener unweit von seinem Grafikstudio. Nach einem guten Essen trinken sie abschließend noch ein letztes Glas Wein. Während der Grafiker wie immer Jeans und einen leichten Sommerpullover in schwer zu definierender Farbe trägt, ist der Unternehmensberater in einem eleganten, hellen Anzug erschienen. Anna, die zwischen den beiden Männern sitzt, trägt ein ärmelloses rotes Sommerkleid.

Wir sollten davon ausgehen, dass Zwinger und Graustein sich schon recht früh zusammengeschlossen haben und Ende Juli 2012 – als Graustein sein Interview gegeben sowie die unternehmensinternen Strukturreformen beschrieben hat – großspurig ein für allemal nach außen hin »sicherstellen« wollten, dass alle aus digitalWorld übernommenen Entwicklungen und Problemlösungen ausnahmslos vom Versicherer stammen. Mittlerweile bin ich auch der festen Überzeugung, dass Zwinger und Graustein bereits zusammengearbeitet haben, als Zwinger Anna darum gebeten hat, sie möge sich etwas einfallen lassen, damit der zukünftige Vorstandsvorsitzende Graustein auf ihn zukomme, erläutert der Grafiker seine Überlegungen.

Eine besonders niederträchtige Form seelischer Grausamkeit: das Opfer soll – nach außen hin gut dokumentiert durch das Anschreiben von Anna und ihrer Anwältin an Graustein – die in der Realität bereits im Boot sitzenden Täter selbst ins Boot holen, fährt Rainer fort. *Für die Täter scheint es sich dabei um ein »lustiges Spiel« gehandelt zu haben. Es ging darum, Anna zu demütigen und sich anschließend gemeinsam über ihre angebliche Dummheit und Naivität zu amüsieren. Damit sollte digitalWorld – eine Rechtfertigung des grausamen Raubs – als die Entwicklung einer außergewöhnlich dummen und naiven Frau entwertet werden.*

Klingt wie ein Widerspruch, bemerkt Wach. *Denn wer raubt schon die Problemlösungen einer dummen, naiven Person. Aber gerade diese Demütigungen und Entwertungen haben es den Vorständen leicht gemacht, sich und anderen einzureden, der Versicherer habe Annas wertvolle Entwicklungen und Problemlösungen alle selbst ausgearbeitet.*

Mir brummt der Schädel, stöhnt Anna und stützt ihren Kopf in beide Hände. *So viele Vermutungen und so wenig handfeste Beweise!*

Ich glaube, wir können davon auszugehen, dass Graustein bereits sehr früh Bescheid gewusst und die entscheidende Strategie entworfen hat, die Zwinger dann lediglich umgesetzt hat. Von Graustein wissen wir mittlerweile, dass er kalt, zynisch und berechnend ist, während Zwinger auf mich eher einen schwachen und ungefestigten Eindruck macht, erläutert Wach lächelnd seine Erkenntnisse. *Es gibt eine klare Übereinstimmung zwischen Zwinger und dem von ihm – bei dem »Ehrenwort-Telefonat« im November 2009 – erwähnten ehemaligen Ministerpräsidenten Dr. Grobel. Anna hat mir von diesem Telefonat berichtet. Bei Zwinger und Grobel handelt es sich um Marionetten, die für die Umsetzung der Strategie mächtiger Männer im Hintergrund eingesetzt wurden. Sie sind – bzw. waren – Schachfiguren in einem gefährlichen Spiel, das im Fall von Grobel tödlich geendet hat. Zwinger hingegen hat lediglich seine Schuldgefühle abgetötet.*

Kann es sein, dass Graustein – der damals bereits seit zwei Jahren Vorstand im krisengeschüttelten deutschen Unternehmen war, ohne dass eine Besserung der Krise in Sicht war, – schon im September 2009 von Engelbert Dürr über unser Anschreiben informiert worden ist?, fragt Anna nachdenklich. *Dürr ist mit Sicherheit klar gewesen, dass Graustein den Zynismus, die Härte sowie die Skrupellosigkeit mitbringt, über die Zwinger und seine Kollegen nicht verfügen. Folglich müssen wir davon ausgehen, dass der Leitwolf Graustein hinter der Strategie stand, keine Verschwiegenheitsvereinbarung zu unterschreiben.*

Ich glaube, Du hast recht, erwidert der Grafiker und blickt Anna anerkennend an.

Es ist bekannt, dass Graustein vor Ehrgeiz zerfressen ist und die Nachfolge von Engelbert Dürr anstrebt. Insofern dürfte Graustein sich mit allen Kräften um einen guten, funktionierenden Kontakt sowie eine enge Zusammenarbeit mit dem Vorstandsvorsitzenden des Konzerns bemüht haben. Mittlerweile weiss ich jedoch, dass Dürr einen anderen Nachfolger in die engere Wahl zieht. Für Dürr scheint der hemdsärmelige Macho Graustein, der die Sprache der Vertreter spricht, der Mann für's Grobe zu sein. Der Grafiker informiert sich nach wie vor täglich ausführlich in den Medien und im Internet über die Geschehnisse in der Wirtschaft.

Nur diesmal hatten sich die Beteiligten gründlich verrechnet, fährt Rainer mit großer Genugtuung fort. *Ich glaube nicht, dass sie auch nur eine einzige Sekunde lang erwogen haben, dass Du und Deine Anwältin – aufgrund der auftrumpfenden Äußerungen Graustein im Juli 2012 – bei der Staatsanwaltschaft Strafanzeige erstatten könnten. Dennoch muss ihnen Anfang 2012 – als Frau von Schliff ihre Schreiben mit den unbequemen Fragen an Engelbert Dürr geschickt hat – klar geworden sein, dass Anna und ihre Anwältin ersten Verdacht geschöpft hatten. Kürzer wird Zwinger und Graustein mit Sicherheit gesteckt haben, dass das Schreiben an Engelbert Dürr zur Beantwortung auf seinem Schreibtisch in der Rechtsabteilung gelandet war.*

Graustein ist gefährlich und rücksichtslos, fährt Rainer fort, nachdem er nachdenklich an seinem Wein genippt hat. *Er wird mit Sicherheit nicht bei dem deutschen Unternehmen bleiben, sondern sich skrupellos seinen Weg weiter nach oben bahnen, denn Graustein giert unverhohlen nach Geld und Macht. Nach all dem, was ich über ihn gelesen habe, handelt es sich bei Graustein um den Typus »Machthaber«, der nicht nur herrschen und dominieren will, sondern auch der festen Überzeugung ist, dass ihm niemand gefährlich werden kann.*

Wusstet ihr übrigens, dass Engelbert Dürr früher – bevor er in der Versicherungsbranche angefangen hat – als Autor und Verleger gearbeitet hat?, fragt Anna plötzlich. *Dürr kennt sich mit dem Urheberrecht aus. Es muss ihm klar gewesen sein, dass angeforderte weitere Informationen – beispielsweise in Form eines Exposés zu digitalWorld – eventuell unter das Urheberrecht fallen. Möglicherweise hat er Graustein – dem solche »Feinheiten« ziemlich gleichgültig sein dürften – diesbezüglich sogar aufgeklärt und Graustein hat dann dafür gesorgt, dass Zwinger sich um die Anforderung des Exposés kümmert. Zwinger, wie immer – das reimt sich sogar – in der Rolle der Exekutiven.*

Das ist interessant, Anna, wirft Wach aufgeregt ein. *Die Staatsanwaltschaft und Frau von Schliff beschäftigen sich überwiegend mit der Frage, ob deine Entwicklungen und Problemlösungen aus digitalWorld – wie beispielsweise eine patentierte technische Erfindung – unter das gewerbliche Schutzrecht fallen. Was wahrscheinlich eher nicht der Fall ist. Sie beschäftigen sich jedoch nur am Rande mit der Frage, ob Dein Exposé zu digitalWorld – mit den zahlreichen künstlerisch gestalteten Icons – unter den Schutz des sogenannten U r h e b e r r e c h t s fällt, das literarische oder künstlerische Werke schützt. In meinen Augen erläutert das Exposé die Funktion und Nutzung der Icons, die im Zentrum von digitalWorld stehen. Dazu gehören auch die im Hintergrund ablaufenden Prozesse zur Analyse der gesammelten Daten, um Kundenprofile zu generieren.*

Ich bin beeindruckt, sagt der Grafiker und mustert den Unternehmensberater. *Du scheinst Dich informiert zu haben.*

Ich habe ein wenig im Internet recherchiert und mit einem alten Freund gesprochen, der sich auf das Thema spezialisiert hat, antwortet der Unternehmensberater, der sich über Rainers Anerkennung freut, bescheiden.

Angenommen Zwinger hätte behauptet, digitalWorld stamme aus seiner Feder und entsprechende Kopien von Annas Exposé für all jene Mitarbeiter anfertigen lassen, die für die Umsetzung von digitalWorld ins Boot geholt wurden, dann würde dies einen klaren Verstoß gegen das Urheberrecht darstellen, meint der Grafiker.

Und was ist mit Graustein und Dürr?, fragt Wach.

Graustein ist – wie gesagt – nicht der Typ, der sich um »Feinheiten« schert, erwidert Anna. *Graustein will die Nachfolge von Dürr antreten bzw. die Karriereleiter weiter nach oben klettern. Dafür muss er Erfolge bei der Bekämpfung der schweren Krise des deutschen Unternehmens vorweisen. Grausteins Interesse dürfte sich allein auf die Entwicklungen und Problemlösungen in digitalWorld konzentriert haben. Der Deal zwischen Zwinger und Graustein muss so ausgesehen haben, dass Zwinger – nach seinem Urlaub in Norwegen – Graustein die funktionierenden Problemlösungen und Entwicklungen aus digitalWorld auf dem Silbertablett serviert und der durchsetzungsstarke Graustein sich dafür im Gegenzug erfolgreich für die Finanzierung und Umsetzung dieser Entwicklungen einsetzt. Somit erhielt Zwinger sein begehrtes IT-Projekt und Graustein die funktionierenden Problemlösungen zur erfolgreichen Bekämpfung der schweren Krise. Die Beachtung weiterer »Feinheiten« oder der Gedanke an mögliche Opfer des Raubs meines geistigen Eigentums dürfte als überflüssig eingestuft worden sein. Wer sollte diesen »Halbgöttern« schon gefährlich werden?*

Und Dürr thronte hoch oben über dem ganzen Geschehen, fügt Anna nach kurzem Überlegen hinzu. *Dürr hat sich mit Sicherheit regelmäßig von Zwinger und Graustein Bericht über die Umsetzung von digitalWorld sowie über den Fortschritt bei der Krisenbekämpfung erstatten lassen. Der vorsichtige und gerissene Dürr hat aus dem Hintergrund die Fäden gezogen.*

Rainer, Wach und Anna schauen sich an. Die drei Teammitglieder haben den gleichen Gedanken.

Jetzt brauchen wir nur noch »eine letzte Kleinigkeit« und das sind handfeste Beweise, sagt der Unternehmensberater mit einer heiteren Miene, die leicht gezwungen wirkt.

Ein Klacks, wenn Du mich fragst, sagt der Grafiker ironisch und trinkt seinen Glas aus. *Auf geht's!*

Am 5. September 2013 erlässt das Amtsgericht den Beschluss, dass Frau von Schliff Einsicht in die Akte der Staatsanwaltschaft erhalten soll.

Frau Dr. Teufel hatte uns die begehrte Akteneinsicht übrigens mehr oder weniger sofort gewährt, teilt die Anwältin ihrer Mandantin am Telefon energisch mit. *Es war Kürzer, der in Abstimmung mit den übrigen Verteidigern, mit seinem Schriftsatz vom 24. Juli 2013 eine gerichtliche Entscheidung beantragt hat: gegen die positive Entscheidung der Staatsanwältin vom 3. Juli 2013.*

Aber unsere Strafanzeige richtet sich doch auch gegen den Konzernjuristen Kürzer, bemerkt Anna. *Wie ist es möglich, dass Kürzer einen Antrag auf eine ermittlungsrichterliche Entscheidung einreichen und damit das Verfahren weiter in die Länge ziehen kann? Wir haben dadurch zwei Monate Zeit verloren!*

Die Anwälte der Gegenpartei wissen natürlich genau, dass es sich bei diesen angeblichen Beweisen nicht um hochbrisante Geschäfts- und Betriebsgeheimnisse, sondern lediglich um vollkommen veralteten Müll handelt. Auch Anwälte geben sich nicht für jeden Schwachsinn her. Diese Aufgabe wurde demzufolge Kürzer übertragen, der unserer Erfahrung nach schließlich kein großes Licht ist.

Das ist nicht die Antwort auf meine Frage, kritisiert Anna die Anwältin.

Wenigstens ersparen wir uns diesmal den Ponyexpress der Staatsanwaltschaft, fährt die Professorin unbeirrt fort. *Die »Beweise« werden mir diesmal nicht in die Kanzlei geschickt, sondern ich muss die Akteneinsicht vor Ort vornehmen. Ich werde mich morgen gleich darum kümmern und die entsprechenden Seiten kopieren.*

Die Ermittlungsrichterin Märzridl hat übrigens bestätigt, dass Sie im Sinne von § 406e Abs. 1 StPO Verletzte sind und durch die behauptete Tat – ihre Begehung unterstellt – unmittelbar in einem Rechtsgut bzw. in Ihrer Rechtsstellung verletzt worden sind, erläutert die Anwältin frohgemut. *Weiter steht in dem Beschluss, dass der Gewährung von Akteneinsicht keine überwiegend schutzwür-*

digen Interessen der Beschuldigten oder anderer Personen im Sinne des § 406e Abs. 2 StPO entgegen stehen.

Das Interesse der Antragstellerin, auf Verteidigungsvorbringen »waffengleich« reagieren zu können, ist mit dem Interesse der Beschuldigten an der Wahrung von Betriebs- und Geschäftsgeheimnissen zumindest gleichrangig, zitiert die Professorin schwungvoll aus dem Beschluss der Ermittlungsrichterin.

Mir graut bei der Vorstellung, sich diesen uralten Mist aus der Akte der Staatsanwaltschaft auch noch durchlesen zu müssen und dabei genau zu wissen, dass sich die Vorstände zusammen mit ihren Anwälten totlachen, während Sie und ich noch einen weiteren Schriftsatz zu diesem Schwachsinn anfertigen müssen, ärgert sich Anna.

Wie immer sehen Sie alles viel zu schwarz, Frau Stern. Eines Tages werden Sie Ihr Recht bekommen und erleben, dass diese schwere kriminelle Tat ans Licht kommt. Wir haben schon einmal erlebt, dass Herr Dr. Zwinger, der aufschneiderische Mathematiker, und sein Kollege Herr Dr. Graustein, der prahlerische Vorstandsvorsitzende, sich gründlich verrechnet haben. Das ist ihnen bestimmt nicht nur dieses eine Mal passiert. Bis alles herauskommt, müssen Sie einfach Geduld haben. Auch wenn Geduld offensichtlich nicht gerade Ihre Stärke ist!

Nachdem die Anwältin Anna am nächsten Tag insgesamt 38 Seiten – aufgeteilt auf fünf Bände – aus der Akte der Staatsanwaltschaft zugemailt hat, druckt Anna alle Seiten aus, liest sich den Inhalt in Ruhe durch und macht sich ihre Notizen. Am späten Nachmittag ruft sie ihre Anwältin an.

Ich möchte diesmal gerne die Antwort auf den Schriftsatz von Kotz, Hartsäbel und Wissend selbst schreiben, schlägt Anna der Professorin vor.

Ich freue mich, wenn Sie mir einen guten Entwurf zusenden.

Die fachliche Thematik wird jetzt anspruchsvoller, erläutert

Anna. *Außerdem ist mittlerweile ziemlich klar, dass die Umsetzung entscheidender Bestandteile aus digitalWorld entweder vom Versicherungsunternehmen selbst vorgenommen oder nach außen an Entwickler, die für den Versicherer bereits tätig sind oder tätig werden sollen, vergeben wurde.*

Nach Durchsicht der mir vorliegenden Unterlagen gehe ich mittlerweile davon aus, dass der Versicherer einige ihm bekannte Entwickler und Programmierer angesprochen hat, damit diese eine Art Start-up gründen, in das sich der Versicherer – sozusagen »nach außen hin ganz legal« – eingekauft hat, fährt Anna fort. *Meiner Einschätzung nach dürfte der Versicherer ca. 60% – 70% der Anteile dieses sogenannten Start-Ups besitzen, das mit der Umsetzung ausgewählter Entwicklungen aus digitalWorld beschäftigt ist.*

Der Inhalt der fünf Bände aus der Akte der Staatsanwaltschaft ist vollkommen nichtssagend, erläutert Anna der Professorin. *Vier dieser fünf Bände zeigen, dass die alten steinzeitlichen Vorgehensweisen lediglich aus der realen Welt in die digitale Welt übertragen wurden. Das bedeutet beispielsweise, dass der Kunde nur all die langweiligen, verstaubten Formulare ausfüllen kann, die er bereits aus der realen Welt kennt. Das Potential, welches sich durch die digitale Welt eröffnet, kommt in diesen vier Bänden nicht vor.*

Zwinger kann demzufolge mit seinen ständigen Verweisen auf diese vier Bände in der Akte **nicht** *beweisen, dass die von mir entwickelten Problemlösungen vom Versicherer bereits* **vor** *meiner Präsentation oder* **vor** *der Zusendung des Exposés zu digitalWorld auch nur ansatzweise ausgearbeitet worden sind,* sagt Anna gutgelaunt. *Zwingers »Beweise« sind nicht stichhaltig; deswegen auch das ganze Schmierentheater mit den angeblichen Geschäfts- und Betriebsgeheimnissen.*

Das klingt aber nicht kompliziert, antwortet die Anwältin verstimmt. *Warum sollte ich das nicht selbst in meinem Schriftsatz erläutern können?*

Sie haben vollkommen recht, das ist leicht zu verstehen und zu erläutern. Anna holt tief Luft. *Aber der Sachverhalt ist etwas kom-*

plizierter. Ein Band von den fünf Bänden – es handelt sich dabei um den zweiten Band – wurde von dem Marktmanagement des Versicherers, das dem von uns auch angezeigten Vorstand Ullrich Hohn untersteht, erst am 15. Juli 2011 erstellt: also anderthalb Jahre nach meiner »Unter-vier-Augen-Präsentation« bei Zwinger und 14 Monate nach unserer Zusendung des Exposés zu digitalWorld. Dieser zweite Band weist schlagwortartig – in mindestens 16 Punkten – eine klare Übereinstimmung mit den von mir im Exposé erläuterten Problemlösungen auf.

Das ist doch wunderbar, ruft die Anwältin freudig aus. *Damit können wir klar nachweisen, dass der Versicherer sich Ihre Entwicklungen betrügerisch angeeignet hat.*

Das habe ich auch erst gedacht, antwortet Anna bedrückt. *Ich glaube jedoch mittlerweile, dass dies wieder einer der »blinkenden Köder« ist, den Zwinger uns präsentiert, damit wir danach greifen. Wir können uns nicht an dem orientieren, was in diesem zweiten Band schlauerweise lediglich in kurzen Stichworten – und dann noch vom Marktmangement – zusammengefasst wurde. Das ist viel zu oberflächlich und wird demzufolge so gut wie keine Beweiskraft haben!*

Ich denke, wir müssen danach zu suchen, was in dieser stichwortartig aufbereiteten Unterlage des Marktmanagements nicht erwähnt, sondern weggelassen wurde, sagt Anna nach kurzem Schweigen.

Welche Entwicklungen wurden weggelassen?, fragt die Professorin gespannt. *Nun sagen Sie schon, Anna. Ich platze vor Ungeduld!*

Weggelassen wurden alle meine bahnbrechenden sowie wirklich revolutionären Entwicklungen, die das Potential der digitalen Welt voll ausschöpfen. Dazu gehört beispielsweise die nach einer von mir entwickelten Methode vorgenommene Analyse der – dem Versicherer vorliegenden – Kundendaten, um ein realistisches Kundenprofil zu erzeugen sowie eine gute und sinnvolle Beratung des Kunden zu ermöglichen, antwortet Anna.

Außerdem hatte ich noch den sogenannten »Kooperierenden

Kunden« entworfen, dem es in der digitalen Welt ermöglicht wird, fast alles, was ihm wichtig ist, eigenständig und schnell – mit nur drei oder vier Klicks – zu erledigen. Ich wollte damit auch die Mitarbeiter des Unternehmens von umfangreichen und langweiligen Fließbandarbeiten entlasten, damit sie sich stattdessen wichtigeren und interessanteren Aufgaben zuwenden können, erläutert Anna, die mittlerweile kaum noch Luft bekommt, mühsam, da eine plötzlich auftretende Panikattacke ihr das Atmen schwer macht.

Verstehe ich Sie richtig, Anna, dass die entscheidenden Verstöße all jene Entwicklungen bzw. Prozesse betreffen, die in einem – ich drücke mich mal laienhaft aus – »unsichtbaren Background«, welcher für die Benutzer in der digitalen Welt nicht erkennbar ist, ablaufen?, fragt die Professorin mit scharfer Stimme, denn der Schwächeanfall ihrer Mandantin macht die Anwältin nervös. *Das würde bedeuten, dass alle fünf – von der Staatsanwaltschaft uns nach guten vier Monaten endlich zur Verfügung gestellten – Bände keinerlei Beweismaterial beinhalten.*

Es handelt sich um ein reines Ablenkungsmanöver, erwidert Anna erschöpft nach Atem ringend. *Eine weitere Demütigung und Erniedrigung. Willkommen in der Welt von Zwinger, Graustein, Hohn und Kürzer.*

Nichts als heiße Luft! Verdammt noch mal! Diese kriminelle Bande wagt es, uns auf der Nase herumzutanzen, ruft die Professorin aufgebracht aus und reibt sich zur Bekräftigung den Nasenrücken, um eventuell dort herumtanzende Vorstände und deren Anwälte zu vertreiben.

Genauso ist es!, antwortet Anna und versucht, behutsam tief durchzuatmen. *Ich schätze, wenn ich das schriftlich und für die Staatsanwältin verständlich erläutere, dann wird der Entwurf für den Schriftsatz ca. 20 – 30 Seiten umfassen. Das ist kein Problem. Das Problem ist, dass wir davon ausgehen müssen, dass die Staatsanwaltschaft nach Erhalt dieses Schriftsatzes das Ermittlungsverfahren vergleichsweise schnell einstellen wird.*

Die Einstellung

Am 11. November 2013 gibt die Professorin den Schriftsatz zu den fünf Bänden mit Zwingers »Beweisen« persönlich bei der Staatsanwaltschaft ab. Der zuständige Justizangestellte in Polizeiuniform stellt ihr eine Empfangsbestätigung mit Stempel und Unterschrift aus. Zuvor hatte die Anwältin den 25 Seiten umfassenden Entwurf des Schriftsatzes, den Anna ihr zugemailt hatte, nicht nur sorgfältig durchgelesen, sondern auch an einigen Stellen überarbeitet und ergänzt sowie anschließend auf dem Briefpapier ihrer Kanzlei ausgedruckt und unterschrieben.

Eine Woche später trifft die schriftliche Antwort der Staatsanwältin ein, welche besagt, dass Frau Dr. Teufel auf den Schriftsatz vom 11. November 2013 mit der Verfügung vom 12. November 2013 die Entscheidung getroffen habe, dass das Ermittlungsverfahren gemäß § 170 Abs. 2 StPO einzustellen sei.

Nachdem Anna die Mitteilung über die Einstellung des Ermittlungsverfahrens erhalten hatte, hatte sie sofort Dr. Siegfried angerufen und den bekannten Spezialisten für geistiges Eigentum händeringend um einen Termin in seiner Kanzlei gebeten. Der Anwalt hatte ihr entgegenkommenderweise gleich einen Termin am nächsten Tag in der Früh – eine Stunde vor seinem üblichen Arbeitsbeginn – eingeräumt. Anna hatte ihm daraufhin noch ihr Exposé zu *digitalWorld,* den Schriftsatz vom 11. November 2013 sowie die schriftliche Entscheidung der Staatsanwältin zur Einstellung des Ermittlungsverfahrens zugemailt.

Nun sitzt Anna mit tiefen Ringen unter den Augen in dem großen, sonnenüberfluteten Büro des Anwalts, der ihr gegenüber an seinem Schreibtisch Platz genommen hat und die übermüdete, traurige Anna ernst mustert.

Ich habe den Schriftsatz vom 11. November 2013 heute in der Früh gelesen. Der Schriftsatz ist für jeden Menschen, der sich nur ein wenig Mühe gibt, verständlich und nachvollziehbar. Aber Frau Dr. Teufel scheint fest entschlossen gewesen zu sein, die Genialität Ihrer Entwicklungen hartnäckig – sozusagen auf Teufel komm raus – zu verleugnen, versetzt der Anwalt mit einem kleinen Lächeln. *Sie hat sämtlichen Entwicklungen in digitalWorld jegliche bahnbrechende Originalität abgesprochen. Genauso wie es Herr Dr. Zwinger und die Kollegen von der Kanzlei Kotz, Hartsäbel und Wissend getan haben. Die unerfahrene Staatsanwältin ist der Argumentation der Gegenpartei gefolgt und meiner Einschätzung nach vor der Macht eingeknickt.*

Das können Sie auch daran erkennen, Anna, dass Frau Dr. Teufel das vom Marktmanagement am 15. Juli 2011 erstellte Sammelsurium aus Band zwei mit den aufgelisteten Stichpunkten als einen echten Beweis einstuft, führt Dr. Siegfried weiter aus und lächelt die bekümmerte Anna an, welche zusammengesunken auf ihrem Stuhl sitzt.

*Kein Mensch, der seine fünf Sinne beinander hat – und das sollte insbesondere für die Mitarbeiter der Staatsanwaltschaft gelten –, kann dieses chaotische Sammelsurium des Marktmanagements – das überdies anderthalb Jahre **nach** der Präsentation und 14 Monate **nach** der Versendung Ihres Exposés an Herrn Dr. Zwinger entstanden ist – ernst nehmen und als einen Beweis für die vom Versicherer **vor** Ihrer Präsentation und **vor** Ihrer Versendung des Exposés getätigten Entwicklungen einstufen,* erläutert der renommierte Anwalt verärgert und trommelt mit den Fingern auf die Schreibtischkante.

Da stimme ich Ihnen zu, sagt Anna mit leiser Stimme. *Es handelt sich dabei auch lediglich um einen »blinkender Köder«.*

Um einen »blinkenden Köder«?, fragt Dr. Siegfried irritiert.

Herr Dr. Zwinger hat mir einmal seine Strategie erklärt, erläutert Anna dem überraschten Anwalt. *Diese besteht darin, sogenannte »blinkende Köder« auszuwerfen, um Menschen in eine Falle zu locken. Im vorliegenden Fall hat Zwinger wohl damit gerechnet, dass meine Anwältin und ich auf seinen »blinkenden Köder« reinfallen. Dafür ist diese Auflistung des Marktmanagements aber viel zu oberflächlich, auch wenn es in insgesamt 16 Punkten eine klare Übereinstimmung mit meinen Entwicklungen in digitalWorld gibt.*

Dass Frau Dr. Teufel dieses stichwortartige Sammelsurium des Marktmanagements vom 15. Juli 2011 als einen ernsthaften Beweis dafür anführt, dass der Versicherer bereits vor meiner Präsentation und vor der Zusendung meines Exposés mit der Ausarbeitung von Entwicklungen beschäftigt war, die **genau** *den meinigen entsprechen, dürfte selbst Zwinger und seine Anwälte ziemlich überrascht haben,* sagt Anna und lacht.

Aber vielleicht stammt die Anregung, diesen »Beweis« vorzulegen, auch von der Gegenpartei, fügt Anna stirnrunzelnd hinzu.

Es gibt noch einen wichtigen Punkt, der mir aufgefallen ist, sagt der Anwalt und schaut Anna konzentriert an. *Der Schriftsatz meiner Kollegin trägt das Datum 11. November 2013. Die Staatsanwältin hat – was ausgesprochen ungewöhnlich für die – wie wir alle aus leidvoller Erfahrung wissen – sehr langsam arbeitende Staatsanwaltschaft ist – sofort am nächsten Tag mit der Verfügung vom 12. November 2013 die Entscheidung mitgeteilt, dass das Ermittlungsverfahren gemäß § 170 Abs. 2 StPO einzustellen sei. Und genau einen Tag später – am 13. November 2013 – erlässt der Bundesgerichtshof ein wichtiges Urteil zur Angewandten Kunst. Dieses lang erwartete Urteil stellt meines Erachtens klar, dass die künstlerisch gestalteten Icons in Ihrem Exposé als Angewandte Kunst einzustufen sind und somit* **eindeutig** *unter das Urheberrecht fallen. Als Mitarbeiterin der Staatsanwaltschaft ist es möglich, kurze Zeit vor der offiziellen Verkündung eines solchen Urteils zu erfahren, wie es voraussichtlich lauten wird. Deswegen diese große Eile!*

Traurig stößt Anna einen tiefen, langen Seufzer aus und richtet sich dann wieder ein wenig auf ihrem Stuhl auf: *Frau Professor von Schliff meinte übrigens, dass ich bei der Generalstaatsanwaltschaft Beschwerde gegen die Einstellung des Ermittlungsverfahrens einreichen kann.*

Wäre es denn nicht besser, Anna, wenn Frau von Schliff die Beschwerde einreicht?

Das ist deswegen schwierig, weil zwischen uns momentan ziemlich dicke Luft herrscht. Die Einstellung des Ermittlungsverfahrens hat uns alle sehr ernüchtert. Frau von Schliff hält es für sinnlos, weiter zu kämpfen, obwohl sie sich mittlerweile auf das hilfreiche Urteil des BGH berufen kann.

Ich möchte Sie warnen, Anna, sich hier vergebliche Hoffnungen zu machen, erwidert der Anwalt stirnrunzelnd. *Diese schlechte Inszenierung eines Ermittlungsverfahrens diente lediglich dazu, den angezeigten drei Vorständen sowie Kürzer und Vischer einen ordentlichen Schuss vor den Bug zu geben. Im Sinne eines »Passt nächstes Mal gefälligst besser auf, wenn Ihr so etwas Gefährliches anstellt«. Meiner Einschätzung nach bestand seitens der Staatsanwaltschaft niemals die ernsthafte Absicht, den von den Tätern gemeinsam begangenen Raub wirklich aufzuklären. Frau Dr. Teufel, die unerfahrene Staatsanwältin, wurde lediglich strategisch als weibliche Marionette eingesetzt, um die Tätergruppe weiterhin zu schützen.*

Am 3. Dezember 2013 faxt Anna die 14 Seiten umfassende Beschwerde gegen die Einstellung des Ermittlungsverfahrens – mit acht Seiten Anlage – an die Generalstaatsanwaltschaft und sendet die Unterlagen flankierend dazu als Einschreiben per Post raus. Den Beleg für das Einschreiben heftet Anna sorgfältig in ihren Unterlagen ab.

Der ablehnende Bescheid der Generalstaatsanwaltschaft trifft direkt nach den Weihnachtsfeiertagen am 27.12.2013 ein. Wäre Anna, die sich zutiefst erschöpft fühlt, in den ursprünglich von ihr geplanten Winterurlaub gefahren, so wäre nach ihrer Rückkehr – aufgrund der im Bescheid gesetzten knappen Frist – zu wenig Zeit verblieben, um schriftlich gut begründet eine gerichtliche Entscheidung zu beantragen. Da Anna nach dem Termin bei Dr. Siegfried jedoch ahnt, wann die Antwort der Generalstaatsanwaltschaft voraussichtlich eintreffen wird, verschiebt sie ihren Urlaub schweren Herzens auf später.

Aufgebracht liest Anna die überheblichen und herablassenden Ausführungen des zuständigen Oberstaatsanwalts Karpfen zur Angewandten Kunst in *digitalWorld*.

Da Rainer aufgrund der vielen Arbeit für seinen Hauptauftraggeber, ein bekanntes Auktionshaus, glücklicherweise auch nicht in den Weihnachtsurlaub gefahren ist, saust Anna, ohne den Grafiker vorher anzurufen, mit dem Auto quer durch die Stadt zu seinem Studio.

Servus!, ruft Rainer erfreut aus, als er auf ihr Klingeln hin die Türe öffnet und Anna erblickt.

Das ist ja eine Überraschung! Lass mich raten: Du hast den Bescheid der Generalstaatsanwaltschaft erhalten und der Generalstaatsanwalt hat Dich freundlich und formvollendet in die Generalstaatsanwaltschaft eingeladen, um mit Dir in einem persönlichen Gespräch diesen Fall, der ihm selbstverständlich ganz besonders am Herzen liegt, detailliert zu erörtern, um gemeinsam eine gute Lösung zu erarbeiten.

Ach Rainer! Was für eine Farce! Ich habe doch schon immer gewusst, dass ich niemals zu meinem Recht kommen werde, ruft Anna verzweifelt aus.

Ab in die Küche, Anna! Ich mach' uns einen guten Kaffee und dann erzählst Du mir alles!

Nachdem sich Anna in Rainers gemütlicher Küche, deren Wände mit zahlreichen Plakaten von bekannten Kunstausstellungen gepflastert sind, auf einen Stuhl fallen gelassen hat, stösst sie einen tiefen Seufzer der Erleichterung aus. Während Rainer sich fluchend mit der rebellischen Kaffeemaschine herumschlägt, die sich weigert, auf einfachen Zuruf hin einen wohlschmeckenden Kaffee für zwei Personen aufzubrühen, liest Anna ihm aus dem ablehnenden Bescheid des Oberstaatsanwalts Karpfen vor:

*Für die bildliche Gestaltung kann, da die Icons einem Gebrauchszweck dienen, eine Schutzfähigkeit allein im Bereich der Angewandten Kunst möglich sein. Zur Erfüllung der Schutzuntergrenzen bedarf es daher einer persönlichen geistigen Schöpfung von individueller Prägung, deren ästhetischer Gehalt einen solchen Grad erreicht, dass nach Auffassung der **für Kunst empfänglichen und mit Kunstanschauungen vertrauten Kreise** eine »künstlerische Leistung« vorliegt.*

Was für ein Glück, dass wir uns alle sehr für Kunst interessieren und demzufolge zu den Kreisen gehören, die – ich zitiere den Oberstaatsanwalt – »für Kunst empfänglich und mit Kunstanschauungen vertraut« sind, ruft der Grafiker aus.

Du, Anna, bist eine examinierte Linguistin und Literaturwissenschaftlerin, die viel liest, ständig ins Kino rennt und sich anspruchsvolle Filme reinzieht sowie – zu meinem großen Entsetzen – auch noch Mozartarien an der Oper probt und Geige spielt, zählt Rainer auf.

Frau Professor von Schliff ist ständig auf der Jagd nach besonderen Antiquitäten und Gemälden. Ich bin ihr und ihrem Mann schon mehrmals in Kunstausstellungen begegnet, weil meine Freundin – die – wie Du weisst – Professorin an der Akademie ist – alle neuen Ausstellungen in der Stadt sehen will. Was übrigens – nebenbei bemerkt – auch manchmal ganz schön anstrengend ist, stöhnt Rainer.

Dazu kommt, dass ich an der hiesigen Kunstakademie studiert habe und demzufolge beurteilen kann, wann eine sogenannte – ich zitiere erneut den Oberstaatsanwalt – »künstlerische Leistung« vorliegt, doziert Rainer, während er das Kaffeepulver sucht, das sich bösartigerweise vor ihm hinten im Schrank versteckt hat.

Bei Wach wäre ich mir nicht so sicher, ergänzt Anna spitz. *Wach schläft immer neben seiner Frau in der Oper ein. Neulich sogar bei »Madame Butterfly«, wie er mir am Telefon brühwarm berichtet hat. Wach ist ein echter Kunstbanause!*

Die Frage ist allerdings, ob die Generalstaatsanwaltschaft bzw. der Oberstaatsanwalt Lachs …

Karpfen, unterbricht Anna den Grafiker. *Der Mann heißt Karpfen!*

… ob der Oberstaatsanwalt Karpfen zu dem Kreis gehört, der »für Kunst empfänglich und mit Kunstanschauungen vertraut« ist und demzufolge beurteilen kann, ob eine »künstlerische Leistung« vorliegt. Wenn ich so darüber nachdenke, dann wird mir bewusst, dass der Oberstaatsanwalt ebensowenig von Angewandter Kunst – und damit von Urheberrecht – verstehen dürfte, wie die Kripo, überlegt der Grafiker mit grimmiger Miene weiter. *Kriminalhauptkommissar Heller einmal explizit ausgenommen.*

Anna fällt wieder Dr. Siegfrieds Bemerkung ein, dass die Staatsanwaltschaft nichts von Urheberrecht versteht. Sie nickt zustimmend und liest Rainer weiter aus dem Bescheid der Generalstaatsanwaltschaft vor: *Dies kann indes nicht angenommen werden: Weder aus der Aufmachung als Ganzes noch aus den einzelnen sichtbaren Elementen folgt eine besondere Gestaltungsästhetik, die eine Klassifizierung als »Angewandte Kunst« begründen könnte bzw. würde.*

Was versteht denn ein Oberstaatsanwalt von der Generalstaatsanwaltschaft unter »besonderer Gestaltungsästhetik«? Für mich, Frau Professor von Schliff – die schließlich auf dieses Thema spezialisiert ist – und Dich fallen die 35 Icons eindeutig unter Angewandte Kunst und sind somit urheberrechtlich geschützt. Diese Tatsache muss Deine Anwältin unter Berufung auf die entsprechenden Urteile schriftlich erläutern, kommentiert der Grafiker aufgebracht, während er zwei Kaffeetassen auf den Tisch knallt.

Glücklicherweise gibt es dazu dieses neue BGH – Urteil vom 13. November 2013, wie ich von Herrn Dr. Siegfried weiss, seufzt Anna

erleichtert auf und atmet den Duft des Kaffees ein. *Glaubst Du, dass Karpfen Opfer eines »blinkenden Köders« geworden ist?*
Ich glaube eher, dass sowohl die Staatsanwaltschaft als auch die Generalstaatsanwaltschaft dahingehend »instruiert« wurden – um es einmal vorsichtig zu formulieren –, das Ermittlungsverfahren gegen die Vorstände dieses mächtigen Unternehmens – mit denen man es sich auf keinen Fall verderben möchte – so schnell wie möglich einzustellen, damit keine öffentliche Klage gegen diese einflussreiche Tätergruppe erhoben werden muss, versetzt der Grafiker wütend, während er aufgebracht vier gehäufte Löffel Zucker in seine Kaffeetasse löffelt.

Nachdem Wach Anna angerufen und auf einen Kaffee eingeladen hat, treffen sich die beiden in einer Konditorei in der Nähe ihrer Firma. Anna hatte diesen Treffpunkt vorgeschlagen, da sie weiss, dass Wach eine Schwäche für die dort angebotenen Sahnetorten hat. Sie freut sich auf das Gespräch und ist sehr gespannt darauf, was Wach ihr mitteilen wird, da der Unternehmensberater am Telefon äußerst geheimnisvoll war.
Nun, worum geht es?, fragt Anna, während sie lächelnd beobachtet, wie Wach offensichtlich überlegt, welches der überwiegend rosafarbenen Tortenstücke auf seinem Teller er als erstes in Angriff nehmen soll.
Als ich letzte Woche in Washington war, habe ich einen alten Freund getroffen, der für eine bekannte amerikanische Kanzlei arbeitet, antwortet Wach mit vollem Mund. *Mein Freund Michael ist ein ausgewiesener Kenner sowohl des deutschen als auch des amerikanischen Rechts.*
Ist er nach seinem Jurastudium an einer deutschen Universität in die USA gegangen?, fragt Anna und nippt an ihrem Kaffee.
Wach nickt und fährt fort: *Michael kennt aufgrund seiner langjährigen persönlichen Zusammenarbeit nicht nur den Juristen Kürzer, sondern auch Zwingers Assistenten Vischer. Den Assistenten*

kennt er erst seit drei Jahren, da Vischer noch nicht so lange bei dem Versicherer arbeitet. Die Kanzlei, *für die Michael in Washington tätig ist, liegt übrigens nur einen Steinwurf vom Rosengarten des Weißen Hauses entfernt.*

Ich bin schwer beeindruckt, sagt Anna.

Das ist noch nicht alles, versetzt Wach vergnügt, während er das zweite, verlockend rosa und weiß sich darbietende Sahnetörtchen ins Visier nimmt. *Ich habe Michael, dem ich voll und ganz vertrauen kann, erzählt, was Ihnen widerfahren ist und ihm das Exposé zu digitalWorld sowie die beiden Zeitungsartikel gezeigt, auf die ich Ende Juli 2012 gestoßen bin. Genauso wie Kriminalhauptkommissar Heller meinte mein Freund sofort, dass der Raub Ihres geistigen Eigentums für ihn unstrittig sei. Was halten Sie davon, Anna, wenn Michael Zwinger auf seinem Handy anruft und ihn zur Rede stellt?*

Das wird nicht viel bringen, antwortet Anna, die den Unternehmensberater wegen seines unüberlegten Verstoßes gegen die unterschriebene Verschwiegenheitsvereinbarung nicht zur Rede stellen will, da sie Wach voll und ganz vertraut. *Zwinger wird vehement alles abstreiten und darauf verweisen, dass es schließlich Graustein und nicht er war, der an die Öffentlichkeit gegangen ist.*

Anna überlegt kurz und fragt dann: *Aber was halten Sie davon, wenn wir uns auf Vischer konzentrieren? Schließlich hat Vischer einen Studienabschluss in Theologie – das unterscheidet ihn deutlich von den anderen – und arbeitet eng mit Zwinger zusammen. Ich kenne Vischer von diversen Telefonaten und dem Meeting im Mai 2011, bei dem Vischer – in Zwingers »Auftrag« – zahlreiche Fragen zu digitalWorld gestellt hat. Ich hatte damals bei dem Meeting das Gefühl, dass Vischer bei weitem nicht so abgebrüht und egoistisch ist, wie die drei Vorstände bzw. Kürzer.*

Ich erinnere mich, sagt Wach, der mittlerweile das dritte Stückchen Sahnetorte verputzt. *Sie haben doch nach dem ablehnenden Bescheid der Generalstaatsanwaltschaft mit dem Oberstaatsanwalt Hecht telefoniert ...*

Karpfen, sagt Anna und lacht. *Der Oberstaatsanwalt heisst Karpfen. Als Zwinger damals von seiner Strategie der »blinkenden Köder« sprach, brachte er übrigens das Beispiel von einem Karpfenteich, in den man einen »blinkenden Köder« werfen solle, um einen dicken Fisch zu fangen. So kann man sich den Namen Karpfen ganz einfach merken.*

Sie haben doch nach Erhalt des ablehnenden Bescheids mit dem Oberstaatsanwalt Karpfen telefoniert..., korrigiert sich Wach nachdenklich, während er erfreut das vierte Sahnetörtchen auf seinem Teller mustert, das sich unter seinem Blick förmlich zu ducken scheint.

Das stimmt, unterbricht Anna den Unternehmensberater. *Meinem Eindruck nach hat sich der Oberstaatsanwalt am Telefon ziemlich hin- und hergewunden. Ich konnte bei unserem Gespräch förmlich riechen, wie ihm der Schweiss ausbrach. Karpfen weiss offensichtlich, dass die Sache zum Himmel stinkt und fühlte sich deswegen bei unserem Telefonat spürbar unwohl. Ich habe den Oberstaatsanwalt damals ziemlich aufgebracht zur Rede gestellt. Auf dem Bescheid stand seine Durchwahlnummer und somit konnte ich ihn mit meinem Telefonat aus heiterem Himmel überrumpeln. Schließlich meinte er zu mir, wir sollten eindeutige Beweise für den Diebstahl von digitalWorld vorlegen, dann würde das Verfahren wieder aufgerollt werden.*

Aber ist es nicht die Aufgabe der Staatsanwaltschaft, weitere Beweise durch die Kripo ermitteln zu lassen?, fragt Wach, der gesättigt und zufrieden vor seinem leergeräumten Teller sitzt und Anna aufmerksam durch seine Brille mustert.

Das habe ich dem Oberstaatsanwalt auch gesagt, aber darauf ist er natürlich nicht eingegangen, antwortet Anna und Wach meint, einen bitteren Unterton aus ihrer Stimme zu hören. *Ich habe bestimmt eine halbe Stunde lang mit ihm telefoniert. Karpfen muss am Ende unseres Telefonats vollkommen durchgeschwitzt gewesen sein.*

Einen wichtigen Punkt hat der Oberstaatsanwalt allerdings zum

Schluß erwähnt. Er meinte zu mir, wenn wir einen Zeugen bringen, der gründlich auspackt und die erforderlichen Beweise vorlegt, dann wird das Verfahren wieder aufgerollt, ergänzt Anna nach kurzem Nachdenken aufgeregt,

Wach schaut Anna durch seine funkelnden Brillengläser eindringlich an. *Im Februar kommt Michael nach Deutschland. Dann sollten wir gemeinsam mit ihm überlegen, wie wir an Vischer rankommen. Vischer scheint mir das schwächste Glied in der Kette zu sein. Möglicherweise gelingt es uns, den ehemaligen Theologen dazu zu bewegen, auszupacken.*

Und wenn Vischer auspackt, dann komme ich endlich zu dem Foto, auf dem zu sehen ist, wie die Staatsanwaltschaft Zwinger von zuhause abholt, ruft Wach nach ein paar Sekunden erfreut aus. *Habe ich Ihnen schon erzählt, dass ich mir für dieses Ereignis extra einen neuen Fotoapparat besorgt habe?*

Daran kann ich mich jetzt wirklich überhaupt nicht erinnern, sagt Anna und lacht.

Nachdem sich Anna und die Professorin nach einer heftigen Auseinandersetzung wieder zusammengerauft haben, gibt die Anwältin am 21. Januar 2014 persönlich ein sieben Seiten umfassendes Schreiben beim Oberlandesgericht ab. In diesem Schreiben beantragt die Anwältin *gemäß § 172 II 1, 2 StPO die Einstellung des Verfahrens aufzuheben, das Verfahren wieder aufzunehmen und Klage gegen die Beschuldigten des Versicherungsunternehmens zu erheben.*

In der Begründung ihres Antrags auf eine sogenannte Klageerzwingung erläutert die Fachanwältin detailliert, warum die Entwicklungen ihrer Mandantin hochinnovativ und bahnbrechend seien.

Anschließend widmet sich die Professorin ausführlich dem Thema Angewandte Kunst. Um ihre Argumentation zu stützen, will die Anwältin ihrem Schriftsatz die ausführliche und gebundene Fassung von *digitalWorld* beifügen, um den Richtern vom Oberlandesgericht die Möglichkeit zu geben, sich ein genaues Bild von sämtlichen, dort abgebildeten 35 Icons zu verschaffen.

Kommt nicht in Frage, ruft Anna entsetzt aus, als die Professorin ihr den Vorschlag macht. *Nach all dem, was wir mit der hiesigen Staatsanwaltschaft erlebt haben. Niemals!*

Mit ablehnendem Gesichtsausdruck mustert die Anwältin ihre Mandantin.

Da kann ich mir gleich eine Kugel durch den Kopf jagen, fügt Anna verzweifelt hinzu.

Anna, ich muss schon bitten! Können Sie nicht ausnahmsweise vernünftig und gelassen bleiben?, reagiert die Professorin verärgert.

Wer? Ich?, fragt Anna irritiert. *Die ausführliche Fassung von digitalWorld ist mindestens 12,5 Millionen Euro wert. Warum soll ich 12,5 Millionen Euro aus der Hand geben? Ich bin doch nicht verrückt! Wir haben es schließlich im vorliegenden Fall mit einer befangenen, bauernschlauen und hinterwäldlerischen Justiz zu tun!*

Das Beifügen der ausführlichen Fassung von digitalWorld ist doch nur zu Ihrem Vorteil, ruft die Professorin wütend aus und stampft mit dem Fuss auf. *Die Richter vom Oberlandesgericht werden auf Anhieb erkennen, dass im Zentrum von digitalWorld die Angewandte Kunst mit den 35 wertvollen Icons steht. Ich werde natürlich in meinem Schriftsatz betonen, dass die ausführliche Niederschrift von digitalWorld aus Sicherheitsgründen ausschließlich für das Gericht bestimmt ist.*

Nach all dem, was wir bis jetzt erlebt haben, ist doch klar, dass auch die Justiz endlich reformiert werden muss, ruft Anna zornig aus. *Einige wichtige Entwicklungen in digitalWorld lassen sich – mit wenigen Abänderungen – auch auf das Justizwesen übertragen. Wer garantiert mir, dass digitalWorld diesmal in die richtigen Hände fällt, wenn ich das Reformkonzept vorlege?*

Die Professorin stößt einen tiefen, leidvollen Seufzer aus. *Immer dieses Theater mit den Mandanten, die meine wertvolle Unterstützung und Erfahrung nicht zu schätzen wissen,* denkt sie.

Der Mandant ist der größte Feind des Anwalts, hatte ihr Kollege Gerhard Ruppig Charlotte von Schliff einmal unter vier Augen anvertraut. *Und Anna ist eine besonders schwierige Mandantin. Nichts als Ärger und Undankbarkeit. In Zukunft wird sie derart störrische Mandanten, auf die sie ständig mit Engelszungen und einer Engelsgeduld einreden muss, wegschicken. Diese widerspenstigen Mandanten kosten einfach viel zu viel Zeit und Kraft.*

Ich werde dieses Thema nicht mit Ihnen diskutieren, Anna, sagt die Anwältin entschieden. *Nicht Sie, sondern ich bin hier die Anwältin und wir werden genau das tun, was ich Ihnen sage.*

Trotz ihrer großen Ängste und Befürchtungen lenkt Anna zutiefst niedergeschlagen ein, da sie spürt, dass die Professorin das Mandat niederlegen wird, wenn sie nicht nachgibt.

In ihrem Schriftsatz an das Gericht verweist die Professorin auf das Urteil des Bundesgerichtshofs vom 13. November 2013 und erläutert, dass *der Bundesgerichtshof – in Abkehr zu seiner früheren Rechtsprechung – die Anforderungen an die sogenannte Gestaltungshöhe für Werke der Angewandten Kunst deutlich abgesenkt hat.*

Insbesondere setze der Schutz als Geschmacksmuster nicht mehr eine bestimmte Gestaltungshöhe, sondern die Unterschiedlichkeit des Musters voraus, liest Anna dem Grafiker am Telefon aus dem Schreiben ihrer Anwältin vor.

Verstehst Du, was sie damit sagen will?, fragt Anna Rainer, der während des Telefonats nachdenklich auf seinen Bildschirmschoner schaut, auf dem ein kleines Mädchen mit fliegenden roten Haaren abgebildet ist, das juchzend auf einem schnell dahineilenden Vogel Strauss sitzt.

Damit wird die Angewandte Kunst der Bildenden Kunst gleichgesetzt.

Du hast recht, antwortet Anna. *Frau von Schliff verweist in ihrem Schriftsatz auch darauf – ich zitiere –,* »dass an den Urheberrechtsschutz von Werken der Angewandten Kunst deshalb – so der Bundesgerichtshof – grundsätzlich keine anderen Anforderungen zu stellen seien, als an den Urheberrechtsschutz von Werken der zweckfreien bildenden Kunst oder des literarischen und musikalischen Schaffens.«

Na bitte, da haben wir's!, ergänzt der Grafiker mit grimmiger Genugtuung. *Der BGH hat in diesem Fall ein sinnvolles und wegweisendes Urteil gefällt.*

Es genügt daher, dass die Werke der Angewandten Kunst eine Gestaltungshöhe erreichen, die es nach Auffassung der für Kunst empfänglichen und mit Kunstanschauungen e i n i g e r m a ß e n vertrauten Kreise rechtfertigt, von einer »künstlerischen Leistung« zu sprechen. Und dies – zitiert Anna aufgeregt aus dem Schreiben ihrer Anwältin – *ist hier eindeutig der Fall.*

Der Karpfen von der Generalstaatsanwaltschaft hat in seinem ablehnenden Bescheid das e i n i g e r m a ß e n weggelassen!, schimpft der Grafiker, der konzentriert zugehört hat. *Das e i n i g e r m a ß e n im Urteil des Bundesgerichtshofs stärkt unsere Position und gibt uns zusätzlich recht. Das hat der bauernschlaue Karpfen gemerkt und deswegen den Text des Urteils zu seinen Gunsten abgeändert.*

Karpfen muss gedacht haben, dass wir ihm nicht auf die Schliche kommen. Ich ärgere mich, dass ich ihn nicht schon bei unserem Telefonat damit konfrontiert habe. Deswegen hat er am Telefon auch so rumgedruckst, erinnert sich Anna aufgebracht.

Jetzt haben wir Aussage gegen Aussage, fasst der Grafiker zusammen. *Aber ich habe deutlich mehr Vertrauen in das, was Frau von Schliff erläutert hat, als in das, was Karpfen geschrieben hat.*

Ich auch, erwidert Anna. *Frau von Schliff hat übrigens noch sehr ausführlich begründet, warum die 35 Icons unstrittig als Angewandte Kunst einzustufen sind und es demzufolge gerechtfertigt ist, von einer »künstlerischen Leistung« zu sprechen.*

Anschließend hat sie sich noch mit der Behauptung Karpfens beschäftigt, dass der Tatbestand des (versuchten) Betrugs gemäß § 263 Abs. 1 StGB nicht nachweisbar sei.

Jetzt wird's spannend. Der Grafiker betrachtet abwesend ein abgebildetes Gemälde in dem vor ihm liegenden Auktionskatalog, das ihn an den *Sonntagsspaziergang* von Spitzweg erinnert.

Sie hat auf meine Dokumentation der zweijährigen Verhandlungen verwiesen sowie sämtliche Verleugnungen der Fakten durch die Rechtsabteilung des Konzerns einzeln aufgezählt, fasst Anna das Schreiben ihrer Anwältin zusammen. *Außerdem hat sie ihren Schriftsatz vom 11. November 2013 angeführt und erläutert, dass die fünf Bände mit den angeblichen Beweisen Zwingers unstrittig belegen, dass der Versicherer zum Zeitpunkt meiner »Unter-vier-Augen-Präsentation« keine Entwicklungen vorweisen konnte, die meinen Entwicklungen in digitalWorld auch nur ansatzweise entsprochen hätten. Ganz im Gegenteil!*

Anna, seufzt der Grafiker gequält auf. *Erinnere Dich daran, dass Strafrechtler den Betrug anhand von vier Kriterien definieren: 1. Täuschung über Tatsachen 2. Irrtum 3. Vermögensverfügung und 4. Schaden. Die Tatsachen müssen überprüfbar oder beweisbar sein und durch die Täuschungshandlung muss ein Irrtum erregt oder aufrecht erhalten werden. Frau von Schliff schafft es nicht, den Tatbestand des Betrugs oder des versuchten Betrugs gemäß § 263 Abs. 1 StGB nachzuweisen,* knurrt der Grafiker schlecht gelaunt, während er geistesabwesend in dem Auktionskatalog blättert und eine der vollgestopften und auf alt getrimmten Bibliotheken betrachtet, die das Auktionshaus in jüngster Zeit so erfolgreich an reiche Russen verkauft.

Du meinst, Sie kann die sogenannte Täuschung über Tatsachen nicht belegen?, fragt Anna verunsichert.

Nehmen wir beispielsweise den Verkauf der Hitler-Tagebücher an ein bekanntes Magazin. Die Verkäufer verkauften die Tagebücher im klaren Wissen darüber, dass diese gefälscht waren. Sie täuschten den Verlag sogar mit einer erfundenen Geschichte über die Herkunft der Bücher. Die Betrugshandlung erfolgte in diesem

Fall ausdrücklich. Zur Täuschung hätte es allerdings auch genügt, wenn sie lediglich durch schlüssiges Verhalten – also konkludent – bei den Käufern die Vorstellung erweckt hätten, es handle sich um die echten Hitler-Tagebücher. Ich spiele jetzt einmal den Advocatus Diaboli: In welcher Hinsicht hat Zwinger Dich über überprüfbare oder nachweisbare Tatsachen getäuscht?

Und was ist beispielsweise mit Zwingers später abgesagter Einladung zur zweiten Präsentation von digitalWorld vor Graustein und Hohn, um an das Exposé zu gelangen?, ruft Anna getroffen aus. Zwingers »blinkenden Köder«? Und Zwingers zahlreiche Beteuerungen, er stünde hundertprozentig auf meiner Seite und werde sich bei dem Vorstand voll und ganz für den Erwerb von digitalWorld einsetzen? Ist das etwa keine Täuschung? Frau von Schliff und ich sind doch dem schweren Irrtum aufgesessen, wir könnten Zwinger und seinen Kollegen vertrauen!

Mit dem »blinkenden Köder« – sprich der Einladung zur zweiten Präsentation – haben Zwinger und Graustein Dir eine Falle gestellt: so wie man einen Wurm an einen Angelhaken befestigt, um einen dicken Fisch zu fangen. Deine Anwältin und Du, ihr hättet Zwinger das Exposé zu digitalWorld nicht einfach so gutgläubig zusenden dürfen, sondern ihr hättet mit Zwinger verhandeln müssen, dass er das Exposé erst dann erhält, wenn er vorab dafür bezahlt.

Und ich hatte eine Anwältin, die mir gesagt hat »Die Hürde des Exposés werden wir auch noch meistern!«, seufzt Anna. Es ist zum Verzweifeln!

Am 26. Februar 2014 erhält Anna vom Oberlandesgericht eine Ausfertigung des Beschlusses vom 14.02.2014, welcher von den drei Richtern Dr. Glatt, Drechsl und Sträubinger unterzeichnet wurde.

»Der Antrag auf gerichtliche Entscheidung gegen den Bescheid des Generalstaatsanwalts vom 27. Dezember 2013 wird als unzulässig verworfen«, liest Anna ihrer Anwältin in der Kanzlei laut vor.

»Mit ihrer Antragsschrift vom 21.01.3014 wendet sich die Antragstellerin gegen den Bescheid des Generalstaatsanwalts vom 27.12.2013«, steht hier unter der fett geschriebenen Überschrift »Gründe«, murmelt Anna verdrossen. *3014? Das ist in 1000 Jahren! Die Richter vom Oberlandesgericht antworten bereits im Februar 2014 auf ein Schreiben, das sie erst im Januar 3014 erhalten werden. Ich stelle fest, die Justiz hat ihr Bearbeitungstempo stark erhöht.*

Werden Sie nicht albern, Anna!, versetzt die Professorin streng. Das ist ein Tippfehler!

Ein schöner Lapsus! Wir sind unserer Zeit einfach um viel zu viele Jahre voraus, Möglicherweise gehen Glatt, Drechsl und Sträubinger auch davon aus, dass die hiesige Justiz erst in 1000 Jahren bereit sein wird, sich eingehender mit dem Thema Urheberrecht zu befassen. Der Beschluss wurde am Valentinstag verfertigt. Ein Rosenstrauss wäre mir lieber gewesen, aber vielleicht drücken die hiesigen Richter ihre tiefe Zuneigung auf diese Art aus ...

Jetzt lassen Sie mich mal sehen, unterbricht sie die Professorin ungeduldig.

Unter II. steht hier, dass »hinsichtlich des Tatvorwurfs des versuchten Betrugs der Klageerzwingungsantrag bereits deshalb unzulässig ist, da bezüglich des erhobenen Betrugsvorwurfs keine in sich geschlossene und aus sich heraus verständliche Sachverhaltsdarstellung vorliegt, die es dem Oberlandesgericht ermöglicht, das mit dem Antrag verfolgte Begehren ohne Beiziehung der staatsanwaltschaftlichen Ermittlungsakten zu überprüfen.«

Und wieso ist es für das Oberlandesgericht nicht zumutbar, sich die staatsanwaltschaftlichen Ermittlungsakten »beizuziehen« und durchzulesen?, begehrt Anna auf. *Hätte man digitalWorld bei der Justiz umgesetzt, wäre der sofortige Zugang der Richter zu den Ermittlungsakten – sowie deren Analyse bzw. Auswertung – kein Problem.*

Sollte ich jemals in meinem Leben nochmals auf die irrwitzige Idee verfallen, eine Unternehmensberaterin, die sich mit dem

Thema Strukturwandel beschäftigt, als Mandantin anzunehmen, dann soll mich auf der Stelle der Schlag treffen, denkt die Anwältin gereizt. *Diese Frau bringt mich noch zur Weißglut mit ihrer ständigen Besserwisserei! Sie hat nicht den geringsten Respekt vor meiner fachlichen Kompetenz!*

In den Ermittlungsakten müssen doch zahlreiche, uns nicht bekannte Ermittlungsergebnisse der Kripo vorliegen. Schon allein aus diesem Grund können wir dem Oberlandesgericht nicht – wie von den drei Richtern verlangt – eine geschlossene und aus sich heraus verständliche Sachverhaltsdarstellung liefern! Was ist denn beispielsweise mit den von Kriminalhauptkommissar Heller erwähnten Verhören? Die sind doch wichtig!, fragt Anna mit leiser Stimme.

Anna fühlt sich plötzlich unendlich schwach. Es kommt ihr vor, als stünde ihr seit der Einstellung des Ermittlungsverfahrens durch die Staatsanwaltschaft keinerlei Kraft mehr zur Verfügung. Diese tiefe Erschöpfung jagt ihr große Angst ein und sie fürchtet sich davor, innerlich in eine schwere Depression abzugleiten.

Lassen Sie mich den ganzen Absatz in Ruhe durchlesen, Anna, versetzt die Professorin und wirft einen strengen Blick auf ihre bleiche und in sich zusammengesunkene Mandantin.

Hier geht es weiter: »So wird in der Antragsschrift selbst nicht dargelegt, wann genau, in welcher Weise gegenüber wem und wo die behaupteten »Verleugnungen« durch die Beschuldigten Dr. Kürzer und Dr. Zwinger erfolgt sein sollen und warum hierdurch der Betrugstatbestand erfüllt sein soll. Hinsichtlich der Beschuldigten Dr. Graustein, Hohn und Vischer wird überhaupt kein Handeln geschildert, das den Tatbestand des versuchten Betrugs erfüllen soll.«

Graustein hatte Ende Juli 2012 das entscheidende Interview in der Finanzzeitschrift gegeben, in dem er mein Exposé zu digtialWorld e i n s z u e i n s wiedergegeben und so getan hat, als stammten meine Entwicklungen und Problemlösungen alle vom Versicherer. Das war eine gezielte Täuschung, die auch mithilfe von überprüfbaren Beweisen belegt werden kann. Aufgrund dieses Interviews und Grausteins weiteren Ausführungen – in dem zwei-

ten Zeitungsartikel – zu seinen in die Wege geleiteten Reformen, haben **Sie** – Frau von Schliff – damals gegen meinen ursprünglichen Willen die Strafanzeige bei der Staatsanwaltschaft erstattet, ruft Anna entsetzt aus. *Und die klaren Verleugnungen der Tatsachen durch Kürzer und seine Kollegen aus der Rechtsabteilung haben Sie doch bei Ihrer Korrespondenz mit dem Versicherer damals alle aufgezählt und belegt.*

Anna holt tief Luft und fährt entschieden mit fester Stimme fort: *Das bedeutet im Klartext, Frau von Schliff, dass Sie einen schweren Formfehler begangen haben. Sie hätten dem Oberlandesgericht gegenüber den gesamten Ablauf der Ereignisse* **n o c h m a l s** *detailliert schildern und nachvollziehbar erläutern müssen, warum der Betrugstatbestand bzw. der Tatbestand des versuchten Betrugs erfüllt ist.*

Die Anwältin schweigt und weicht Annas Blick aus.

Warum haben Sie das nicht gemacht? Als Anwältin wissen Sie doch ganz genau, dass in solchen Fällen immer klar vorgeschriebene und für den Juristen leicht zu recherchierende Formalien zu beachten sind, ruft Anna mit flehender Stimme aus, während ihr die Tränen über das Gesicht fließen. *Ich habe gehört, dass in dem Fall Durath – bekanntlich das Opfer eines schweren Justizirrtums – der Strafverteidiger Akteneinsicht beantragt hat. Nachdem diese genehmigt worden war, hat Duraths Anwalt mehr oder weniger die gesamte Akte abgeschrieben, um eine Wiederaufnahme des Verfahrens nicht zu gefährden, da unter Juristen allgemein bekannt ist, dass ein sogenannter Klageerzwingungsantrag oftmals aus formalen Gründen abgeschmettert wird.*

»*Außerdem lässt sich aus der Antragsschrift auch nicht die Einhaltung der Frist des §172 Abs. 1 Satz 1 StPO entnehmen,* liest die Anwältin stur und mit versteinertem Gesicht weiter aus dem Beschluss vor, ohne auf Annas flehentliche Frage einzugehen: *Es wird im Klageerzwingungsantrag selbst nicht mitgeteilt, wann der Einstellungsbescheid der Staatsanwaltschaft der Antragstellerin bzw. ihrer anwaltlichen Vertreterin zugegangen ist.*

Damit ist nicht festzustellen, ob die Vorschaltbeschwerde im Sinne des §172 Abs. 1 StPO innerhalb der geltenden 2-Wochen-Frist eingelegt wurde und es fehlt somit an einer Zulässigkeitsvoraussetzung des Klageerzwingungsverfahrens. OLG Hamm, NStZ-RR 1997, und so weiter, und so fort, rattert die Anwältin mechanisch runter.

Das stimmt nicht!, ruft Anna aus. *Ich erinnere mich sehr gut daran, dass der Einstellungsbescheid vom 12. November 2013, den Sie mir zugemailt hatten, Ihren Eingangsstempel mit Datum 21. November 2013 sowie Ihr Unterschriftskürzel getragen hat. Sie hatten sich überdies im Einstellungsbescheid – dort, wo von Frau Dr. Teufel auf die zweiwöchige Frist für die Beschwerde verwiesen worden war, – handschriftlich den 05.12.2013 als Fristsetzung notiert. Ich weiss ganz genau, dass meine schriftliche Beschwerde an die Generalstaatsanwaltschaft das Datum 03.12.2013 getragen hat und ich dieses Schreiben auch am 03.12.2013 zur Generalstaatsanwaltschaft gefaxt und flankierend dazu per Einschreiben versandt haben. Beide Belege habe ich sorgfältig abgeheftet.*

Damit ist doch zumindest diese zweite Zulässigkeitsvoraussetzung für das Klageerzwingungsverfahren erfüllt, schiebt Anna entschlossen nach.

Richtig, Anna. Aber ich habe vergessen, bei meiner Beantragung der Klageerzwingung die Einhaltung der Zwei-Wochen-Frist genau **nachzuweisen.** *Es war mein erster Klageerzwingungsantrag und ich habe nicht daran gedacht, dem Oberlandesgericht mitzuteilen, wann der Einstellungsbescheid von Frau Dr. Teufel mir genau zugegangen ist – sprich am 21. November 2013 – und dass die sogenannte Vorschaltbeschwerde von Ihnen, Anna, fristgemäß am 03.12.2013 der Generalstaatsanwaltschaft zugefaxt und überdies per Einschreiben versandt worden war.*

Hätte man digitalWorld – mit den notwendigen Anpassungen – bei der Justiz bereits umgesetzt, so wäre ein derart vernichtendes Abschmettern eines Klageerzwingungsantrags ausgeschlossen. Ein spezifisches Analyseverfahren könnte mithilfe der vorliegenden (elektronischen) Akte der Staatsanwaltschaft innerhalb weniger Sekunden nachweisen, dass diese zweite formale Zulässigkeitsvoraussetzung – an der Sie jetzt gescheitert sind – in meinem Fall unstrittig erfüllt ist.

Anna hält kurz inne, um sich zu konzentrieren. Dann fährt sie fort:

Entsprechendes gilt für die erste Zulässigkeitsvoraussetzung. So ließe sich beispielsweise der Nachweis – warum der Tatbestand des (versuchten) Betrugs erfüllt ist – ebenfalls durch das System ermitteln, wenn dieses mit den entsprechenden – abzufragenden – Fakten »gefüttert« wird. Auch in diesem Fall könnte ein spezifisches Analyseverfahren innerhalb weniger Sekunden ermitteln, für welche Beschuldigte der Tatbestand des (versuchten) Betrugs nachweisbar erfüllt ist.

Damit werde ich zu einer Sachbearbeiterin degradiert, die ein vorgegebenes System mit abgefragten Fakten füttern soll, nörgelt die Professorin missmutig. *Dazu habe ich überhaupt keine Lust.*

Wie Sie wissen, lässt sich der Fortschritt nicht aufhalten, erwidert Anna. *Die drei Richter vom OLG würden sich freuen, wenn sie anstatt dicker Schriftsätze beispielsweise nur zehn – selbst auszudruckende – Seiten durchlesen müssten und klare, abgefragte Fakten erhalten. Leider wird man dieses Analyseverfahren voraussichtlich nur in ca. 80% aller Fälle anwenden können. Ich vermute, dass ca. 20% der Fälle komplizierter sind und individuell behandelt werden müssen.*

Also mir behagt ein solcher Strukturwandel ganz und garnicht, schimpft die Professorin. *Ich will, dass alles so bleibt, wie es ist.*

Da sind Sie mit Sicherheit nicht die einzige, sagt Anna und lacht. *Nach meinen leidvollen Erfahrungen mit dem Justizwesen habe ich einen möglichen Strukturwandel hiermit nur ganz oberflächlich skizziert. Das müsste selbstverständlich viel genauer ausgearbeitet werden.*

Aber wie sieht es jetzt für uns aus?, fährt Anna fort. *Aufgrund Ihrer beiden schweren Formfehler konnten Glatt, Drechsl und Sträubinger Ihren Klageerzwingungsantrag mühelos zurückweisen.*

Anna spürt erneut ihre tiefsitzende Müdigkeit und Erschöpfung. Sie hat das Gefühl, gleich in Tränen auszubrechen. Mit letzter Kraft reisst sie sich zusammen und fährt fort:

Es geht bei einem erfolgreichen Klageerzwingungsantrag zunächst um die genaue Beachtung der Formalien und erst dann um die Inhalte. In dem Beschluss von Glatt, Drechsl und Sträubinger steht kein einziges Wort zu Ihrer ausgezeichneten Argumentation, dass die Icons in digitalWorld als Angewandte Kunst einzustufen sind und somit unter das Urheberrecht fallen. Zwinger, Kürzer, Graustein und Hohn werden sich kugeln vor Lachen. Damit haben die Vorstände und ihre Anwälte gewonnen.

Auf Annas Stirn bildet sich eine steile Falte. Verletzt erinnert sie sich wieder daran, wie die Professorin ihr einmal erzählt hatte, dass sie von ihren Eltern dazu erzogen worden sei, immer und überall die Beste zu sein. Anna fällt wieder ein, welche Angst dieses Bekenntnis bei ihr ausgelöst hatte, da Frau von Schliff demzufolge keine erfolgreiche Frau neben sich dulden würde.

Nun hatten sich ihre damaligen Befürchtungen bewahrheitet.

Es ist mir absolut unverständlich, Frau von Schliff, dass Sie im Sommer 2012 hartnäckig auf dem Einreichen einer Strafanzeige bei der Staatsanwaltschaft beharrt haben, greift Anna ihre Anwältin an. *Wie ich mittlerweile weiss, unterliegen meine in digitalWorld entwickelten Problemlösungen bzw. Entwicklungen keinem wirksamen Schutz, wie dies beispielsweise bei einer technischen Erfindung – für die ein Patent angemeldet wird – der Fall ist. Dadurch, dass wir Zwinger wunschgemäß – und mit Ihrer energischen Unterstützung – das Exposé zu digitalWorld auf dem Silbertablett serviert haben – anstatt das Exposé gewinnbringend zu verkaufen –, mussten sich die Vorstände doch nur noch einfach bedienen.*

Rein strafrechtlich betrachtet, hatten die Beschuldigten zum damaligen Zeitpunkt offensichtlich keinen Verstoß gegen das Urheberrecht begangen. Dass die Icons als Angewandte Kunst einzustufen sind, war zum Zeitpunkt des Einreichens der Strafanzeige – am 30. Oktober 2012 – nicht klar. Ganz im Gegenteil! Als Fachanwäl-

*tin mussten Sie zum damaligen Zeitpunkt davon ausgehen, dass die Icons urheberrechtlich **nicht** geschützt sind, denn das wichtige Urteil des Bundesgerichtshofs wurde erst am 13. November 2013 verkündet. Da ich – was die rechtlichen Fragen betrifft – Laie bin und mich nicht auskenne, habe ich Sie als Fachanwältin ins Boot geholt und darauf vertraut, dass Sie mir helfen und mich gut beraten werden. Somit hätten Sie mir damals von einer Strafanzeige dringend abraten müssen!*

Aber Sie wissen doch ganz genau, dass die Vorstände digital-World gestohlen haben, schreit die Anwältin Anna an. *Ich wollte Ihnen doch nur helfen.*

Anna erinnert sich wieder an die Worte von Frau Schwertfeger: *Und außerdem will Frau von Schliff Ihnen doch nur helfen. Verstehen Sie das denn nicht? Wie oft habe ich Ihnen erläutert, Frau Stern, dass Ihre Anwältin wirklich mit allen Kräften versucht, Ihnen zu helfen! Verharren Sie doch nicht weiter engstirnig im finsteren Schloss des Zweifels.*

Wenn Sie mir wirklich hätten helfen wollen, dann hätten Sie einfach Ihren Job verrichtet und mir von einer Strafanzeige ebenso dringend abgeraten, wie von einem Anschreiben an Engelbert Dürr!

Aber warum hat die Staatsanwaltschaft dann unsere Strafanzeige akzeptiert?, schreit die Anwältin mit hochrotem Kopf und angeschwollenen Halsadern. *80% der erstatteten Strafanzeigen werden von der Staatsanwaltschaft abgeschmettert, weil keinerlei Aussicht auf Erfolg besteht. Unsere Strafanzeige wurde angenommen und das Ermittlungsverfahren in die Wege geleitet.*

Zutiefst erschöpft und niedergeschlagen schweigt Anna.

Ich will Ihnen sagen, worum es geht, beendet die Professorin das lastende Schweigen. *Bei diesen – oberflächlich betrachtet – sich leichtfüßig den Ball zuspielenden »Fußballern« handelt es sich – genau betrachtet – um seelische Gewalttäter. Was Sie erlebt haben, Anna, war eine schwere seelische Gruppenvergewaltigung, wie sie üblicherweise von Täterkollektiven mit einer ausgeprägt hierarchischen Struktur begangen wird. Diese Täter verfügen über ein auf-*

fallend primitives Männlichkeitsbild, das sich über Macht, Gewalt und hohe Aggression definiert. Dabei unterwerfen sich die Täter einer ungeschriebenen Gruppennorm. Auffällig ist, dass das Opfer besonders stark gedemütigt, erniedrigt und zum Objekt degradiert wird. Dadurch, dass die Täter zahlenmäßig stark überlegen sind, empfindet das Opfer – zur großen Unterhaltung der Täter – besonders schwere Ohnmachtsgefühle, welche sich bei Ihnen, Anna, seit Jahren durch das ständige Gefühl, zusammenzubrechen oder zu kollabieren, äußern. Bei den seelischen Gewalttätern handelt es sich um hochaggressive Machos, für die Frauen lediglich Gebrauchsgegenstände sind. Hören Sie endlich auf, die Ihnen zugefügte Gewalttat zu verdrängen, Anna! Sie wissen, was passiert ist. Aus diesem Grund geht es Ihnen auch so schlecht, denn Sie haben eine schwere seelische Gruppenvergewaltigung erlebt!

Der Ministerpräsident

Während Anna am Schreibtisch sitzt und auf einen Anruf von Wach wartet, klingelt das Telefon. Anna hebt ab. Eine energische männliche Stimme meldet sich:
Hier spricht Oberregierungsrat Florian. Sie haben vor einer Stunde im Vorzimmer des Ministerpräsidenten angerufen und wollten den Ministerpräsidenten persönlich sprechen. Ihren Worten zufolge soll es sich um einen Skandal handeln, welcher – sollte die Öffentlichkeit davon erfahren – große Empörung in weiten Teilen der Bevölkerung auslösen würde. Offensichtlich fühlen Sie sich darüber hinaus von der Justiz unseres Landes übergangen und sind der festen Meinung, dass Sie Ihr Recht nicht bekommen haben. Frage: Wie kommen Sie darauf, dass unser Ministerpräsident in einem solchen Fall zuständig ist?

Anna schweigt und wartet ab.

Den mir vorliegenden Notizen zufolge, welche sich die Sekretärin unseres Ministerpräsidenten bei Ihrem Anruf gemacht hat, haben Sie ein erfolgreiches Reformkonzept entwickelt und einem Versicherungskonzern zum Kauf angeboten. Frage: Wie kommen Sie überhaupt dazu, einem international tätigen Versicherungskonzern mit Sitz in Deutschland ein funktionierendes Reformkonzept anzubieten? Offensichtlich haben Sie gewusst, dass der Versicherer in einer schweren Krise steckt und in Deutschland rote Zahlen schreibt.

Anna lässt den Blick aus dem Fenster schweifen und sieht einen aufgeplusterten Tauberich, der draußen auf der Fensterbank auf und ab stolziert und neugierig in ihr Arbeitszimmer äugt. Sie lehnt sich in ihrem Stuhl zurück und harrt der Dinge, die da kommen werden.

Sie können doch nicht ernstlich glauben, dass Ihr Angebot, das Reformkonzept käuflich zu erwerben, keine tiefe Demütigung für den Versicherer war. Auf diese von Ihnen entwickelten Problemlösungen hätten die Vorstände schließlich selbst kommen können. Da die Manager jedoch keine eigenen Lösungen für die schwere Krise des Unternehmens entwickelt hatten, ist es doch logisch, dass der Versicherer Ihr Reformkonzept mit dem komischen Namen haben wollte. Sie ...

Das Reformkonzept trägt den Namen digitalWorld, wirft Anna ein.

Wie war der Name?

digitalWorld, wiederholt Anna.

Natürlich wieder auf Englisch. Als gäbe es keine deutschen Bezeichnungen mehr. Ist doch vollkommen logisch, dass das Versicherungsunternehmen digitalWorld haben wollte. Sie hätten es denen halt nicht anbieten dürfen in dieser schweren Krise. Und jetzt wollen Sie auch noch Ihr Geld. Der Oberregierungsrat wird lauter und aggressiver.

Richtig erfasst, antwortet Anna aufmunternd. *Und eine Wiederaufnahme des Ermittlungsverfahrens mit dem Ergebnis einer öffentlichen Klage.*

Jetzt hören Sie mir mal gut zu, tobt der Oberregierungsrat. *Ist Ihnen denn nicht klar, dass Sie mit Ihrem Vorgehen die Top-Manager bzw. Vorstände vollkommen überfordert haben? Sie sind als Frau in eine klassische Männerdomäne eingedrungen. Wie stellen Sie sich das denn eigentlich vor?*

Ich hätte gerne mein Geld für das von mir in schwerer Tag- und Nachtarbeit entwickelte Konzept digitalWorld, das sich der Versicherer während der Verkaufsverhandlungen unter den Nagel gerissen hat, erläutert Anna. *Der Verkaufspreis beträgt ...*

Das wäre ja noch schöner, brüllt der Oberregierungsrat. *Die Staatsanwaltschaft hat das Ermittlungsverfahren schließlich eingestellt. Sie haben Ihr Recht nicht bekommen und damit basta!*

Der Oberregierungsrat Florian holt tief Luft. *Ich weiss jetzt, was für eine Sie sind!*, brüllt er und legt auf.

Anna hastet im obersten Stockwerk der Oper den Gang entlang und biegt links zum Probenraum ab. Als sie schwer atmend die Tür öffnet, sieht sie Andrea Fagotti wie immer auf seinem Schemel am Klavier sitzen. Neben dem schwarz gelockten italienischen Repetitor steht der junge stämmige Tenor Anton Süß und singt mit einer zart-lyrischen und dennoch kräftigen Stimme ein sehnsuchtsvolles Lied.

Nach dem üblichen Begrüßungs- und Abschiedsgeplänkel verlässt der Tenor beschwingt den Probenraum. Anna legt ihre Noten auf den Holzständer neben dem Klavier.

Und wie geht es Ihnen heute, Anna?, fragt Fagotti, der ihre Situation gut kennt.

Alles unverändert schwierig, erwidert Anna und lächelt Fagotti traurig an. *Ich fühle mich heute so schlecht, dass ich nicht weiss, ob ich singen kann, denn ich spüre einen starken Druck auf der Brust, der mir fast die Luft zum Atmen raubt.*

Fagotti stösst einen tiefen mitfühlenden Seufzer aus und schiebt Anna einen Schemel zu, damit sie sich neben das Klavier setzen kann.

Ach, da fällt mir etwas ein, sagt der Repetitor plötzlich mit munterer Stimme. *Sie wissen ja, dass ich einen guten, persönlichen Kontakt zu unserem Ministerpräsidenten habe. Er ist bekanntlich ein bedeutender Förderer unserer Oper und hat neulich die große Leistung unseres Kinderchors gewürdigt. Was mich natürlich besonders freut, da ich – wie Sie wissen – den Kinderchor leite*, erläutert Fagotti geschmeichelt.

Anna amüsiert sich innerlich zum wiederholten Mal über die Eitelkeit des Repetitors. Dass der im Publikum anwesende Ministerpräsident nach einer Vorstellung insbesondere die Leistung des Kinderchors hervorgehoben hatte, hatte Fagotti ihr bereits mehrmals mit stolzgeschwellter Brust erzählt.

Nun hatte ich gestern nach unserer Vorstellung die gute Gelegenheit, ein paar Takte mit unserem Ministerpräsidenten zu plaudern, berichtet Fagotti stolz. *Wir sprachen über die Nachwuchsförderung und ich habe dem Ministerpräsidenten ein wenig von Ihnen erzählt. Selbstverständlich ohne zu erwähnen, dass ich über diese skandalösen Ereignisse informiert bin. Ich habe lediglich kurz angedeutet, dass Sie begabt und ehrgeizig sowie mit großer Freude bei der Sache sind und während unserer gemeinsamen Zusammenarbeit bemerkenswerte Fortschritte gemacht haben. Ihren Namen habe ich nur kurz nebenbei fallen lassen. Ich wollte sehen, wie der Ministerpräsident reagiert, denn er dürfte Ihren Namen kennen.*

Allerdings!, bemerkt Anna spitz.

Zu meiner großen Überraschung hat der Ministerpräsident mir einen ausgezeichneten Vorschlag gemacht, fährt Fagotti unbeirrt fort. *Er sprach davon, den begabten Nachwuchs noch umfassender zu fördern sowie ausgewählte Sängerinnen und Sänger einzuladen, damit sie vor seinen Gästen eine Darbietung ihres musikalischen Könnens geben können.*

Mit Ihrer Begleitung am Klavier nehme ich an, bemerkt Anna spöttisch.

Mit meiner Begleitung am Klavier, wiederholt der Repetitor ohne den Spott zu registrieren. *Er wolle gerne – so der Ministerpräsident gestern unter vier Augen vertraulich zu mir – mit Frau Stern und einigen besonders schönen Mozartarien starten.*

Ich darf hinzufügen, dass es mein Vorschlag war, das Augenmerk unseres verehrten Ministerpräsidenten auf die Arien von Mozart zu lenken, fügt Fagotti in gespielter Bescheidenheit hinzu.

Da Fagotti die deutsche Sprache auch mithilfe von Opern gelernt hat, verwendet er zu Annas heimlicher Freude viele geschraubte und veraltete Redewendungen. Als der Repetitor sich vor einigen Wochen über einen jungen Bankangestellten geärgert hatte, sprach er Anna gegenüber davon »dem Knaben« beim nächsten Gespräch »den Fehdehandschuh vor die Füße zu werfen«.

Der Mann muss verrückt sein, Ihnen diesen Vorschlag zu ma-

chen. *Außerdem singe ich nicht gut genug, um vor einem solchen Publikum aufzutreten. Und was ist, wenn ich kollabiere? Das kann jederzeit passieren!*

Das lassen Sie mal meine Sorge sein, meint der Repetitor herablassend. *Ich kann die Qualität Ihrer Stimme und Ihre musikalischen Fähigkeiten sicherlich besser beurteilen als Sie. Ihre Stimme hat großartige Fortschritte gemacht, Anna. Lassen Sie uns die Darbietung gemeinsam sorgfältig vorbereiten.*

Anna stöhnt gequält auf.

Außerdem gibt es einen wichtigen Umstand, der dafür spricht, dass Sie und ich dieses gute Angebot so bald wie möglich annehmen sollten, fügt Fagotti hinzu und blickt Anna mit seinen dunkelbraunen Augen zutiefst treuherzig an. *Der Ministerpräsident will sich Ihnen gegenüber erkenntlich zeigen. Großzügig wie er ist, möchte er Sie für Ihren Auftritt im kleinen Kreis mit einem Diamantring – im Wert von ungefähr zwei Millionen Euro – belohnen.*

Nun, was sagen Sie dazu? Ist das nicht ein tolles Angebot?, fragt Fagotti begeistert. Im Leben des geschäftstüchtigen Repetitors spielt Geld eine große Rolle. Zu Annas Leidwesen kann der Italiener stundenlang über Geldanlagen reden.

Der Ministerpräsident lässt sich in der Tat nicht lumpen, erwidert Anna, während sie überlegt, wie Fagotti das eingefädelt hat, den Ministerpräsidenten für eine – in Fagottis Augen ausgesprochen elegante und funktionierende – Lösung des hochbrisanten Skandals zu begeistern.

Woher stammt eigentlich der Ring? Doch sicherlich nicht aus dem Schmuckkästchen der Ehefrau des Ministerpräsidenten, hakt Anna nach. *Wussten Sie übrigens, dass Täter nach einer Vergewaltigung dem Opfer oft billigen Schmuck – wie beispielsweise ein kleines Goldkettchen – schenken, um sich das Schweigen der Opfer zu erkaufen?*

Fagotti spielt ein paar Takte auf dem Klavier und stößt einen tiefen Seufzer aus.

Ihr Deutschen seid wirklich ein stures Volk! In Italien sind wir viel flexibler und anpassungsbereiter. Zwei Millionen Euro sind ein gutes Angebot, Anna. Sie brauchen doch schließlich dringend Geld!

Allerdings, seufzt Anna. Für einen kurzen Moment denkt sie daran, wie schön es wäre, endlich unbeschwert zu leben und dieses Leben aus vollen Zügen zu genießen, anstatt so oft um die Luft zum Atmen ringen zu müssen und kurz vor einem Zusammenbruch zu stehen.

Schließlich reisst sie sich zusammen. *Meine Antwort lautet: nedd amoi ignorier'n.*

Fagotti grinst. Dann spielt der Repetitor die ersten Takte von *Kein schöner Land in dieser Zeit* und fordert Anna zum Nachsingen auf.

Gerechtigkeit

Wir werden ihm etwas bieten müssen, damit er kooperiert, sagt der Anwalt.

Das Team sitzt vollständig versammelt in der Kanzlei um den runden Tisch. Alle blicken Michael gespannt und erwartungsvoll an. Rainer hat diesmal gleich zu Beginn des Termins das Angebot der auffallend bleichen und erschöpften Anwältin, sich ein selbst gebackenes Zitronenplätzchen zu nehmen, entschieden abgelehnt. Auch die anderen Teammitglieder halten sich einvernehmlich an den schwarzen Tee, den die Professorin aus einer wertvollen alten Teekanne ausschenkt, die mit kleinen dunkelblauen Rosen verziert ist.

Michael ist ein attraktiver, großer Mann mit dunklen Haaren und warmen braunen Augen, der Deutsch mit einem leichten amerikanischen Akzent spricht. Sein sicheres Auftreten und seine offene Ausstrahlung verweisen auf den erfolgreichen Anwalt einer renommierten Washingtoner Kanzlei.

Ich habe mich bereits mit Vischer in einem kleinen Restaurant in der Innenstadt getroffen, berichtet Michael. *Vischer meinte, dass er nur dann auspacken und seine Beweise vorlegen werde, wenn eindeutig gewährleistet sei, dass ihm nichts passieren wird und er Deutschland so bald wie möglich verlassen und woanders hingehen kann.*

Was das betrifft, so stehe ich voll und ganz auf seiner Seite!, wirft Wach ein. *Nur möglichst weit fort von dieser kriminellen Bande!*

Es ist offensichtlich so, dass die bei der Staatsanwaltschaft er-

stattete Strafanzeige Vischer zutiefst schockiert hat, erläutert der Anwalt mit ruhiger Stimme. *Seitdem ist er fest entschlossen, seine Assistentenstelle bei Zwinger aufzugeben und von dem Versicherer fortzugehen. Er will – so erstaunlich das jetzt auch klingen mag – in Zukunft seelsorgerisch tätig sein. Vischer hat mir erläutert, dass er auf Zwinger ebenso reingefallen sei wie Anna.*

Er ist immer noch ziemlich geschockt und traumatisiert, sagt der Anwalt nicht ohne Mitgefühl. *Wie Anna leidet Vischer fast täglich unter schweren Panikattacken und sieht auch deutlich dünner und blasser aus. Früher machte er auf mich einen kräftigeren und gesünderen Eindruck, obwohl Vischer im Grunde eher ein zarter – und wohl auch zartbesaiteter – junger Mann ist.*

Ich habe Vischer beruhigt und ihm erläutert, dass er mit dem Schrecken davonkommen wird, wenn es ihm gelingt, nachzuweisen, dass er von Zwinger, der als Führungskraft seinem Assistenten gegenüber in der Verantwortung steht, missbraucht und reingelegt wurde, fährt der Anwalt fort und blickt in die konzentrierten und ernsten Gesichter der Teammitglieder.

Mit Missbrauch meine ich natürlich in diesem Zusammenhang nicht einen sexuellen Missbrauch. Die Opfer eines derart gravierenden Vertrauensmissbrauchs leiden meiner Erfahrung nach ebenso stark wie die Opfer eines sexuellen Missbrauchs, fährt Michael fort. *Viele Opfer werden aus der Bahn geworfen und greifen zu Alkohol, Tabletten oder Drogen. Die wenigsten Opfer kriegen die Kurve und schaffen es, wieder ein normales Leben mit einer geregelten Tätigkeit sowie einer gesunden und stabilen Partnerbeziehung zu führen.*

Jetzt, wo ich so darüber nachdenke, kommt mir eine gute Idee, meint Wach plötzlich und unterbricht damit das bedrückte Schweigen des Teams. *Die Tatsache, dass jetzt doch noch die Chance besteht, dass die Staatsanwaltschaft Zwinger persönlich von zuhause abholt und ich …*

Mach' Dir diesbezüglich nicht allzu große Hoffnungen, unterbricht der Anwalt ihn entschieden. *So weit wird es nicht kommen! Aber nach all dem, was Vischer mir unter vier Augen anvertraut hat, gehe ich davon aus, dass das Verfahren wieder aufgerollt werden muss. Anscheinend verfügt Vischer über wichtige schriftliche Beweise, die unser Theologe schon mal vorsichtshalber bei sich zuhause gebunkert hat, als ihm klar wurde, dass er von Zwinger weggehen und sich notfalls mithilfe dieser Nachweise schützen muss. Er hat auch wichtige Mails, die er von Zwinger erhalten hat, weiter zu sich nach Hause auf seinen privaten Laptop geleitet und dort sorgfältig nach Themen sortiert ...*

Und Vischer will später als Seelsorger arbeiten? Ist so jemand wirklich geeignet?, unterbricht Rainer den Anwalt. *Obwohl, wenn ich darüber nachdenke ...Vielleicht ist er gerade deswegen gut geeignet. Die meisten Seelsorger, die ich in meinem Leben kennengelernt habe, waren mir viel zu abgehoben, naiv und lebensfremd. Da wäre jemand wie Vischer, der etwas mehr drauf hat, eine wohltuende Abwechslung ...*

Vielleicht darf ich jetzt mal zu Ende sprechen!, ruft Wach laut aus. *Auch wenn es anscheinend fraglich ist, ob ich ein Foto von der Abführung Zwingers bekomme, so will ich unseren tapferen Theologen dennoch gezielt unterstützen, wenn er wirklich auspackt und handfeste Beweise auf den Tisch legt, die zu einer Wiederaufnahme des Verfahrens führen. Das muss allerdings eindeutig garantiert sein.*

Das ist kein Problem, erwidert der Anwalt. *Das kann ich übernehmen und das kriege ich hin.*

Selbstverständlich nur zusammen mit meiner Kollegin, ergänzt Michael und zwinkert der erschöpften und niedergeschlagenen Professorin aufmunternd zu.

Ihr wisst doch, dass ich eine weltweit tätige Unternehmensberatung habe, fährt Wach zufrieden fort. *Ich könnte Vischer dabei helfen, in ein anderes Land zu gehen, wo wir vor Ort vertreten sind. Ich würde ihm sogar persönlich dabei behilflich sein, eine passende Stelle zu finden.*

Anfänglich könnte er für eine gewisse Übergangszeit in meinem Unternehmen arbeiten, erläutert Wach vergnügt. *Ich erinnere mich gut daran, dass Anna mir damals nach dem Termin mit Zwinger und Vischer gesagt hat, Vischer sei bei dem Meeting vollkommen begeistert von Zwinger gewesen – und spürbar unter dessen Einfluss gestanden –, aber im Grunde sei Vischer freundlich und zugewandt. Natürlich müsste ich erst einmal persönlich mit ihm sprechen und ihn kennenlernen. Wenn Vischer mich überzeugt, erhält er von mir ein kleines finanzielles Startpolster in Höhe von 50.000 Euro. Das ist mir die Sache wert! Er kann mir das Geld eines Tages mit Zinsen zurückzahlen. Da werden wir uns schon einig!*

Ich schlage vor, Michael redet noch einmal mit Vischer, unterbreitet ihm Herrn Wachs Vorschlag und holt sich von Vischer das grüne Licht, dass er mit unserer Vorgehensweise einverstanden ist, fasst die Anwältin erleichtert zusammen. *Ich gehe davon aus, dass er sich über unsere Hilfe und Unterstützung freuen wird, da er sicherlich wieder gesund werden und ein angstfreies Leben führen will. Sobald wir seine Zustimmung haben, werde ich mit der Staatsanwaltschaft einen Termin vereinbaren, damit er seine Aussage machen kann. Ich denke, es wird Vischer ganz recht sein, wenn mein Kollege und ich ihn zu diesem Termin begleiten, damit er die notwendige rechtliche Unterstützung von uns bekommt.*

Ich habe selten jemanden in meinem Leben erlebt, der so gut vorbereitet war und so gründlich ausgepackt hat wie unser Theologe, berichtet Michael lachend.

Das Team sitzt zusammen mit dem Anwalt, der am nächsten Tag wieder nach Washington zurückfliegen muss, bei einem bekannten Italiener in der Nähe der Kanzlei. Die Anwältin sieht wieder gesund und frisch aus. Anna hat alle zu einem gemeinsamen Abschiedsessen für Michael eingeladen und mit der Professorin vereinbart, dass sie und der Anwalt »in großer Runde« Wach und Rainer berichten werden, was die anderen schon wissen.

Vischer hat im Januar 2010 direkt nach der Uni bei Zwinger angefangen zu arbeiten, erläutert die Anwältin. *Zu unserem gro-*

ßen Glück, denn so hat Vischer von Anfang an aus nächster Nähe mitbekommen, wie Zwinger Annas Konzept geraubt und dessen Umsetzung in die Wege geleitet hat. Vischer hat selbst gehört, wie Zwinger zusammen mit Feist zwei Stunden lang über das ausführliche Gespräch mit dem Vorstand Dr. Graustein diskutiert hat, das damals direkt nach Annas Präsentation am 12. Januar 2010 stattgefunden hatte.

Zwinger hatte Graustein offensichtlich nach der Präsentation begeistert mitgeteilt, dass digitalWorld absolut bahnbrechend sowie innovativ sei und dem deutschen Versicherer schnell aus der Krise helfen werde. Die Diskussion zwischen Zwinger und Feist fand am frühen Nachmittag nach dem Termin bei Graustein in Zwingers Büro statt. Genau in dem Raum, in dem Anna am Vormittag Zwinger die Präsentation vorgeführt hatte, berichtet die Professorin weiter.

Die Tür von Zwingers Büro zum Sekretariat stand halb offen und Vischer war von Zwinger und Feist unbemerkt ins Sekretariat gegangen, weil er dort Unterlagen zusammenstellen wollte, übernimmt Michael den weiteren Bericht. *Als Vischer das Sekretariat betrat, machte sich die Sekretärin, Frau Wehr, gerade auf den Weg zu einem Arzttermin. Vischer war demzufolge allein und hat sich zum Sortieren seiner Unterlagen an den Schreibtisch der Sekretärin – hinter die halb geöffnete Tür – gesetzt. In ihrer großen Begeisterung hatten die beiden Top-Manager nicht daran gedacht, die Türe zu schließen. Wahrscheinlich gingen sie auch davon aus, dass ihnen von der Sekretärin keine Gefahr droht.*

Der lebhaften und lauten Diskussion zwischen Zwinger und Feist hat Vischer entnommen, dass Graustein ihnen zuvor einige unbequeme Fragen gestellt hatte. Offensichtlich wollte sich Graustein auch erneut bestätigen lassen, dass es keine unterschriebene Verschwiegenheitsvereinbarung mit Anna gebe. Das war dem Vorstand sehr wichtig.

Zwinger muss Graustein daraufhin beruhigt und ihm mitgeteilt haben, dass Annas Präsentation in seinem Büro unter vier Au-

gen stattgefunden habe, berichtet der Anwalt weiter. *Anna habe demzufolge keine ernstzunehmenden Zeugen. Zwinger ging laut Vischer fest davon aus, dass seine beiden Assistenten sowie die beiden Sekretärinnen den Mund halten und ihm nicht in den Rücken fallen werden.*

Und ich bin wohl kein ernstzunehmender Zeuge, knurrt Rainer. *Ich habe an dem Tag der Präsentation das Equipment in Zwingers Raum aufgebaut!*

Ich gehe davon aus, dass Zwinger Sie in seiner großen Begeisterung für digitalWorld unerwähnt gelassen hat, um Graustein nicht zu verärgern, bemerkt die Anwältin diplomatisch. *Zwinger wird sich vor allem auf die Realisierung des Projekts, das schließlich seine große Chance war, konzentriert und alles Störende beiseite gewischt haben. In ihrer Großartigkeit dürften weder Zwinger noch Graustein davon ausgegangen sein, dass wir es jemals wagen würden, Strafanzeige bei der Staatsanwaltschaft zu erstatten.*

Wir haben so viel Geld. Wir scheißen Euch zu mit all unserem Geld!, hört Anna wieder die innere Stimme.

Und was haben Zwinger und Feist auf Graustein Frage nach der Verschwiegenheitsvereinbarung geantwortet?, fragt Rainer verstimmt.

Jetzt kommt der Punkt, an dem unser großartiger Theologe seine Ohren gespitzt und genau zugehört hat, berichtet Michael begeistert. *Offensichtlich müssen sich Zwinger und Feist zuvor wie zwei pubertierende Schüler vor Graustein damit gebrüstet haben, wie es ihnen gelungen war, die Unterzeichnung der Verschwiegenheitsvereinbarung zu vermeiden. Die beiden Manager – und das gilt insbesondere für Zwinger – waren über ihre »Heldentat« so begeistert, dass sie das Thema bei ihrer gemeinsamen Diskussion zehn Minuten lang durchgehechelt haben.*

Was für eine Schweinebande!, ruft Anna wütend aus und nimmt einen großen Schluck Wein, um sich zu beruhigen.

Bleib ruhig, Anna, sagt Michael beruhigend zu ihr. *Wir haben schließlich gewonnen!*

Und wie ging es dann weiter?, fragt Wach seinen Freund aufgeregt.

Vischer hat uns berichtet, dass er der weiteren Diskussion zwischen Zwinger und Feist entnommen hat, dass Graustein die beiden Top-Manager offensichtlich für ihr gerissenes Vorgehen im Hinblick auf die Verschwiegenheitsvereinbarung gelobt hatte. Gleichzeitig muss Graustein jedoch starken Druck auf Zwinger ausgeübt haben. Der aufgeregten Diskussion zwischen Zwinger und Feist hat Vischer entnommen, dass Graustein schnelle Erfolge sehen wollte. Die belastende, in der Öffentlichkeit bekannte Krise bei dem deutschen Versicherer sollte endlich überwunden werden, berichtet der Anwalt.

Zwinger hat sich in der Diskussion mit Feist auch intensiv damit beschäftigt, dass er innerhalb der Hierarchie weiter aufsteigen und Vorstand werden wird, wenn er es schafft, schnelle Erfolge bei der Bekämpfung der Krise zu erzielen, fügt der Anwalt hinzu.

Laut Vischer muss Graustein Zwinger jedoch in dem vorausgegangenen Termin klar ermahnt haben, bei der Beschaffung weiterer Informationen zu digitalWorld vorsichtig zu sein und keinerlei Spuren zu hinterlassen. Insbesondere in Zeiten, wo Frauen sich ständig und überall darüber beklagen, dass sie von Männern übergangen, diskriminiert und sogar vergewaltigt werden, könne man – so muss der Macho Graustein das anscheinend formuliert haben – garnicht vorsichtig genug sein, fährt Michael mit seinem Bericht fort.

Zwinger muss sich vor Graustein daraufhin gebrüstet haben, dass er die Lage vollständig im Griff habe. Anschließend muss Zwinger dem Vorstand offensichtlich angeboten haben, sich erste Gedanken zur Umsetzung von digitalWorld unter seiner Leitung zu machen. Der erhitzten Diskussion zwischen den beiden Top-Managern hat Vischer überdies noch entnommen, dass Zwinger – im Beisein von Graustein – Anna und ihre Anwältin als zwei graue und leicht zu überwältigende Mäuschen bezeichnet hatte.

Wie erfreulich, dass Zwinger sich auch in dieser Hinsicht verrechnet hat, versetzt Anna trocken.

Laut Vischer haben sich die beiden Top-Manager bei ihrer erregten Diskussion noch den Kopf darüber zerbrochen, wie sie an weitere Informationen zu digitalWorld rankommen, übernimmt die Professorin die Schilderung der Ereignisse. *Wie Vischer uns berichtet hat, haben Zwinger und Feist das als eine sportliche Herausforderung bzw. als ein amüsantes Spiel gesehen. Zwinger ist dann auf die Idee einer Einladung zu einer zweiten Präsentation gekommen, die er als »leuchtenden Köder« präsentieren und dann, nach dem Erhalt des Exposés, wieder absagen wollte.*

Glücklicherweise war Vischer so geistesgegenwärtig, das Sekretariat unauffällig zu verlassen, bevor die beiden Top-Manager ihre lautstarke Diskussion beendet haben, ergänzt Michael zufrieden. *Unser Theologe hat sich dann am Abend zuhause ausführliche Gesprächsnotizen zu dieser Diskussion zwischen Zwinger und Feist gemacht. Im Beisein der Staatsanwaltschaft und Kripo meinte er, dass er an jenem Tag durchaus gespürt habe, dass etwas schief läuft, aber er konnte das Geschehen noch nicht richtig einordnen. Er habe Zwinger damals noch vertraut und sei der der irrtümlichen Meinung gewesen, es handele sich lediglich um einen kleinen Kavaliersdelikt oder eine amüsante Spielerei.*

Als Annas Exposé zu digitalWorld am 14. Mai 2010 eingetroffen ist, soll Zwinger hocherfreut gewesen sein und in Anwesenheit seiner beiden Assistenten gesagt haben, dass die Umsetzung von digitalWorld eine Riesenchance sei, ergänzt die Anwältin niedergeschlagen, weil sie sich wieder an ihre begeisterte Bemerkung *Die Hürde des Exposés werden wir auch noch meistern* erinnert.

Bei den in der Folgezeit anberaumten Meetings wurde jedem der Anwesenden – also auch den beiden Assistenten – von der Sekretärin eine Kopie von Annas Exposé zu digitalWorld gegeben. Die Kopie beinhaltete auch die Abbildungen der wertvollen Icons. Jedoch waren auf allen Seiten vor dem Kopieren des Exposés sowohl der Copyright-Vermerk als auch die oben stehende Anmerkung »Streng vertraulich. Nicht zur Weitergabe bestimmt.« entfernt worden. Selbstverständlich fehlte auf den verteilten Kopien auch der fett geschriebene Vermerk »Persönliches Exemplar ausschließlich für Herrn Dr. Günter Graustein, Herrn Dr. Maximilian Zwinger, Herrn Ullrich Hohn« auf der ersten Seite des Exposés, berichtet die Professorin entrüstet. *Wie von uns seit langem vermutet, hat sich Zwinger in den Meetings als den eigentlichen Entwickler von digitalWorld ausgegeben.*

Nix mit Hochsicherheitsexposé, murmelt der Grafiker verärgert. *Hilft also alles nichts, wenn der Empfänger kriminell ist.*

Das ist nicht ganz richtig, Herr Paradies, korrigiert ihn die Professorin verstimmt. *Wir können schließlich klar nachweisen, wie die ursprünglich an Zwinger zumailte Fassung des Exposés zu digitalWorld ausgesehen hat und dass vor dem Kopieren und Verteilen an die immer zahlreicheren Teilnehmer der Meetings sämtliche »Schutzvorkehrungen« absichtsvoll aus dem zugestellten Exemplar entfernt worden sind. Eine sorgfältige Lektüre des Exposés ergibt überdies, dass sich die schriftlichen Erläuterungen überwiegend auf die 35 Icons beziehen. Somit steht die Angewandte Kunst sowie deren Nutzung bzw. Gebrauch im Zentrum des Exposés. Demzufolge handelt es sich um einen besonders schweren Verstoß gegen das Urheberrecht.*

Da der Grafiker sich über die Zurechtweisung der Anwältin ärgert, kontert er mürrisch:

Aber es war der Vorschlag von Herrn Wach, das Exposé mit dem Copyright-Vermerk und weiteren »Sicherheitsvorkehrungen« zu schützen. Darauf zu achten wäre eigentlich Ihr Job gewesen. Einmal vollkommen abgesehen davon, dass man das Exposé hätte verkaufen müssen anstatt es auf dem Silbertablett darzubieten ...

Das spielt doch jetzt keine Rolle mehr, fährt der Unternehmensberater energisch dazwischen. *Wir sind ein Team und jeder trägt mit seinen Vorschlägen zu einem guten Gelingen bei.*

Nach einem kurzen Schweigen fährt die Anwältin mit ihrem Bericht fort:

Vischer hat seine Kopie des Exposés aufgehoben und zwar zusammen mit seinen ausführlichen Notizen zu Zwingers Erläuterungen in den Meetings, die sich mit der Umsetzung der wichtigsten Entwicklungen aus digitalWorld befassten. Bei einigen dieser Meetings waren auch Graustein und Hohn, der Vorstand Marktmangement, anwesend. Vischer hat sämtliche Einladungen zu diesen Meetings, die per Mail an die Beteiligten – also auch an ihn – versandt worden waren, zu sich nach Hause auf seinen Laptop weitergeleitet, schildert die Professorin lachend. *Da die Meetings im Laufe der Zeit immer größer wurden, kann anhand der Einladungen rekonstruiert werden, welche Teilnehmer Zwinger im Laufe der Zeit noch mit ins Boot genommen hat.*

Und was ist mit Engelbert Dürr?, fragt Rainer, dessen Neugier über seine Verärgerung siegt. *Wie wurde Dürr auf dem Laufenden gehalten?*

Ich erinnere mich daran, dass Zwinger mir nach seiner Ernennung zum Vorstand mehrfach stolz mitgeteilt hat, dass er nun für die IT von 100 Millionen Kunden zuständig sei und auch regelmäßig Dürr Bericht erstatten würde. Es ist doch wirklich erfreulich, dass die männliche Eitelkeit nicht ausstirbt!, sagt Anna zufrieden.

Das hat Vischer uns bestätigt, sagt der Anwalt. *Zwinger wurde seit Annas Präsentation im Januar 2010 regelmäßig zusammen mit Graustein zu Dürr zitiert, um Bericht über die Fortschritte bei der Umsetzung von digitalWorld zu erstatten. Vischer kann sich auch deswegen so gut daran erinnern, weil Zwinger sich anscheinend ständig darüber beklagt hat, dass Dürr und Graustein unbedingt schnelle Ergebnisse sehen wollten und massiven Druck auf Zwinger ausgeübt haben.*

Ich habe vernommen, dass Dürr sich voraussichtlich nicht mehr lange an der Spitze des Konzerns halten wird, meint Anna zufrieden. *Das hat er unserer Strafanzeige zu verdanken.*

Es kursieren in der Tat Gerüchte über seinen Nachfolger, meint Michael. *Wenn es derjenige wird, dessen Namen alle Insider nennen, dann wird sich in Zukunft nichts Wesentliches im Konzern ändern. Der Nachfolger scheint wieder kein Menschenfreund zu sein und ist in erster Linie mit seiner eigenen Großartigkeit und der*

Jagd auf hohe Bonuszahlungen beschäftigt. Er kommt wie alle anderen von der Unternehmensberatung, mit der der Konzern schon seit vielen Jahren eng zusammenarbeitet.

Was für uns im Moment wichtiger ist, ist die Tatsache, dass sich Vischer immer alle Termine Zwingers bei Dürr notiert hat. Diese Termine werden sich – ebenso wie die Termine der von Zwinger einberufenen Meetings zur Umsetzung von digitalWorld – leicht überprüfen lassen. Insgesamt hat unser tapferer Theologe mit geradezu wissenschaftlicher Akribie sehr umfangreiches Beweismaterial gesammelt. Nach den Meetings hat er regelmäßig am Abend zuhause noch genaue Protokolle anhand seiner Notizen angefertigt. Diese Protokolle belegen detailliert, wie das Projekt anfing zu wachsen und Gestalt anzunehmen, erläutert Michael voller Bewunderung für Vischer.

Der Kreis der Eingeweihten wurde immer größer, bis dann schließlich der deutsche Vorstand Kammerer in der Presse mit einer launigen Bemerkung auf dieses Projekt angespielt hat, worauf meine Kollegin – Michael zwinkert der Professorin lächelnd zu, worauf diese ein wenig errötet, *– sich mit ihrer Bitte um Auskünfte an den Konzern gewandt hat. Wie ihr Euch sicherlich gut erinnert, haben die drei zuständigen Konzernjuristen, Herr Dr. Kürzer, Frau Dr. Blaubart und Herr Dr. Schauinsland, sämtliche Fakten – wie beispielsweise die ausführliche Präsentation von digitalWorld oder die Anforderung des Exposés durch Zwinger – verleugnet und abgestritten.*

Ganz schön blöd, Fakten zu bestreiten, die schriftlich belegt sind und klare Beweise darstellen, murmelt der Grafiker. *Aber die drei Vorstände sowie deren Mittäter aus der Rechtsabteilung – ich meine damit vor allem Kürzer – waren felsenfest davon überzeugt, dass sie uns gegenüber eindeutig in der mächtigeren Postion sind und ihnen nichts passieren kann. Deswegen haben sie sich auch nicht die geringste Mühe mit dem vorgelegten Beweismaterial gegeben, sondern nur primitiv alles verleugnet und abgestritten.*

Wir haben so viel Geld. Wir scheißen Euch zu mit all unserem Geld! Anna wünscht sich, diese innere Stimme würde endlich schweigen.

Allerdings hat Vischer in Anwesenheit der Kripo und der Staatsanwaltschaft ausgesagt, dass Zwinger durch meine Schreiben ziemlich nervös geworden ist, versetzt die Professorin triumphierend. *Ihm dämmerte langsam, dass »die beiden kleinen grauen Mäuschen« ihm nicht mehr blind vertrauten, sondern misstrauisch wurden. Laut Vischer muss Zwinger aus Angst vor der Öffentlichkeit sogar ziemlich hysterisch geworden sein.*

Vischer hat auch mitbekommen, dass Engelbert Dürr – als der Vorstandsvorsitzende anfing, die drohende Gefahr zu wittern, – Graustein und Zwinger massiv unter Druck gesetzt hat, die Umsetzung entscheidender Entwicklungen aus digitalWorld nach außen an ein »Start-up« zu vergeben: dazu gehörte auch Annas Entwicklung aussagekräftiger Kundenprofile, die Graustein verständlicherweise am meisten interessiert haben, fährt die Professorin fort. *Wie von Anna bereits richtig vermutet, ist dieses »Start-up« auf Wunsch des deutschen Versicherers von ausgewählten Spezialisten und Software – Entwicklern, denen man vertraut hat, gegründet worden. Der Versicherer hat sich anschließend mit einer hohen Geldsumme eingekauft und hält mittlerweile 70% der Anteile.*

Außerdem hat Vischer viel wichtiges Material zu der widerrechtlichen Aneignung der Angewandten Kunst aus digital World gesammelt, schiebt Michael kurz ein. *Da die künstlerisch wertvollen Icons weltweit eingesetzt werden können, hat der Versicherer mit seinen Unternehmen in all den Ländern, in denen er vertreten ist, Kontakt aufgenommen. Im Hinblick auf die Verwendung und Nutzung der Icons in der digitalen Versicherungswelt wurde ein gemeinsames Vorgehen vereinbart, das auch für das deutsche Unternehmen bindend sein sollte.*

Zwinger hielt Vischer offensichtlich ebenfalls für ein »kleines graues und unscheinbares Mäuschen«, ergänzt die Professorin belustigt. *Da er den unauffälligen und immer freundlichen Vischer massiv unterschätzt hat, hat Zwinger seinen Assistenten zu allen wichtigen Meetings mitgenommen. Vischer war schlau genug, sich professionell und angepasst zu verhalten, um Zwinger in Sicherheit zu wiegen. Allerdings – das hat uns Michael bereits berichtet – verfiel Vischer in große Panik, als wir bei der Staatsanwaltschaft auch gegen ihn Strafanzeige erstattet haben. Darauf wäre Vischer in seinen kühnsten Träumen nicht gekommen.*

Wie geht es jetzt weiter, Michael?, fragt Wach mit glänzenden Augen und vor Aufregung geröteten Wangen seinen Freund.

Nach all dem, was die Staatsanwaltschaft uns mitgeteilt hat, reichen die von Vischer vorgelegten Beweise sowie seine umfassende Aussage, um das Verfahren wieder aufzurollen, antwortet der Anwalt. *Frau Dr. Teufel wurde übrigens auf ihren eindringlichen Wunsch hin ins Richteramt versetzt. Laut Oberstaatsanwalt Enger wird nun ein erfahrener Staatsanwalt oder eine erfahrene Staatsanwältin den Fall übernehmen.*

Zwinger und seine Kollegen werden sich nicht mehr mit ihren lächerlichen Tricks aus der Affäre ziehen können, meint die Anwältin zornig. *Der Konzern wird sicherlich die besten Strafverteidiger beauftragen, denn immerhin ist auch der Vorstandsvorsitzende Dürr in den Fall verwickelt. Es handelt sich um einen riesigen Skandal, weil mittlerweile feststeht, dass eine Gruppe seelischer »Gewalttäter« gemeinsam kaltblütig über Anna hergefallen ist und ihr Exposé sowie weitere wertvolle Entwicklungen geraubt hat. Engelbert Dürr wird in ein paar Monaten 60 Jahre alt und ich gehe davon aus, dass man diese gute Gelegenheit nutzen wird, ihn so schnell wie möglich in den Ruhestand abzuschieben!*

Von Graustein habe ich vernommen, dass er sich um den Posten als Vorstand bei einem großen Rückversicherer beworben hat. Graustein wird dann voraussichtlich auch für die Reformen bzw. den Strukturwandel jener Versicherungsgruppe zuständig sein, welche für ihre besonders erfolgreichen Vertriebler die Lustreisen organisiert hatte, sagt Michael.

Es handelt sich um den gleichen Rückversicherer, dessen Vorstand

Wüst seine Doktorarbeit zur Gewinnung von Ökostrom zugesandt hatte. Die Versicherungsgruppe, die Graustein reformieren soll, gehört diesem Rückversicherer, bemerkt Anna schmallippig.

Damit hören Engelbert Dürr und Graustein voraussichtlich mehr oder weniger gleichzeitig bei dem Versicherer auf. Nur Zwinger harrt weiterhin verbissen dort aus. Aber Du kannst Dich jetzt wirklich freuen, Anna, sagt Michael und lächelt sie an. *Ich gehe davon aus, dass Du in den nächsten Tagen ein gutes Angebot für »die Überlassung« der ausführlichen Fassung von digitalWorld erhalten wirst. Herr Dr. Kürzer hat mir diese Mitteilung auf verschlungen Wegen zukommen lassen. Da jetzt alles aufgeflogen und weiteres Leugnen zwecklos ist, wird der Versicherer Dir endlich den geforderten Kaufpreis bezahlen. Nicht zuletzt auch deswegen, um den strafverfolgenden Behörden gegenüber den Willen zur Aufklärungsbereitschaft, Kooperation und Wiedergutmachung zu demonstrieren.*

Annas Brust entringt sich ein tiefer, langer Seufzer. Sie atmet erleichtert auf.

Von diesem Geld kannst Du dann auch Dein Team bezahlen, das so lange zu Dir gehalten und Dich so erfolgreich unterstützt hat. Außerdem solltest Du endlich ausgiebig Urlaub machen und Dich von diesem jahrelangen, unmenschlichen Stress und der Dir zugefügten schweren Gewalttat erholen.

Erschöpft aber glücklich bemerkt Anna, dass sie weint.

Wer weiss, was aus mir geworden wäre, wenn ich Euch nicht gehabt hätte. Ich hätte sicherlich wie viele Opfer schwerer seelischer Gewalt nicht die Kurve gekriegt, sondern wäre an meiner großen Verzweiflung zugrunde gegangen. Gott sei Dank hatte ich Eure Unterstützung und Hilfe. Ich danke Euch von ganzem Herzen, fügt Anna schniefend hinzu und wischt sich mit ihrer Papierserviette die Tränen ab, wobei sie versehentlich die schwarze Wimperntusche flächendeckend auf ihrem Gesicht verteilt.

Rainer, der sich vor weinenden Frauen zu Tode fürchtet, kontert: *Freu' Dich nicht zu früh, Anna! Meine Rechnung wird mindestens*

50.000 Euro betragen und Frau von Schliff wird Dir ebenfalls eine saftige Rechnung stellen. Und wir werden auf einer sofortigen Bezahlung bestehen!

Und ich hätte gerne eine Frau ohne Kriegsbemalung, sagt Michael und legt seinen Arm um Anna. *Ich bin seit einem Jahr geschieden und wünsche mir wieder eine Frau an meiner Seite.*

Oh, haucht Anna glücklich und lehnt sich vorsichtig an Michael, der sie behutsam an sich zieht.

Meine Ehe ist glücklich, freut sich Wach. *Ich suche demzufolge weder eine Frau noch werde ich Anna eine saftige Rechnung stellen. Allerdings werde ich ein Foto von Engelbert Dürr machen,* ergänzt er und schaut Anna, Michael, Rainer sowie die Anwältin nacheinander bedeutungsvoll an. *Ein spektakuläres Foto, auf dem zu sehen ist, wie der Rentner Dürr auf einer Parkbank sitzt, Tauben füttert und ihnen erklärt, wie sie ihr erspartes Geld in Zukunft mithilfe einer Internet – Plattform des Versicherers anlegen und verwalten sollen.*

Alle prusten los, bis sich der Grafiker erbarmt: *Auf dieses Foto kannst Du lange warten. Geh' einfach davon aus, dass Engelbert Dürr demnächst im Aufsichtsrat des Konzerns sitzt: voraussichtlich als Vorsitzender des Aufsichtsrats. Flankierend dazu wird Dürr sicherlich noch die eine oder andere weltweit tätige Wirtschaftskanzlei beraten und bei weiteren Großkonzernen im Aufsichtsrat sitzen. Es wird sich demzufolge in naher Zukunft nichts Wesentliches ändern. Aber es gibt einen Lichtstreifen am Horizont:* **und das sind wir!**